LE VOYAGE D'HIVER

D0727955

Paru dans Le Livre de Poche :

ACIDE SULFURIQUE

ANTÉCHRISTA

ATTENTAT

BIOGRAPHIE DE LA FAIM

LES CATILINAIRES

LES COMBUSTIBLES

COSMÉTIQUE DE L'ENNEMI

LE FAIT DU PRINCE

HYGIÈNE DE L'ASSASSIN

JOURNAL D'HIRONDELLE

MERCURE

MÉTAPHYSIQUE DES TUBES

NI D'ÈVE NI D'ADAM

PÉPLUM

ROBERT DES NOMS PROPRES

LE SABOTAGE AMOUREUX

STUPEUR ET TREMBLEMENTS

AMÉLIE NOTHOMB

Le Voyage d'hiver

ROMAN

ALBIN MICHEL

© Éditions Albin Michel, 2009.
ISBN : 978-2-253-16015-1 – 1re publication LGF

Dans les aéroports, quand je passe à la fouille, je m'énerve, comme tout le monde. Il n'est jamais arrivé que je ne déclenche pas le fameux bip. Du coup, j'ai toujours droit au grand jeu, des mains d'hommes me palpent de la tête aux pieds. Un jour, je n'ai pas pu m'empêcher de leur dire : « Vous croyez vraiment que je veux faire exploser l'avion ? »

Mauvaise idée : ils m'ont forcé à me déshabiller. Ces gens n'ont pas d'humour.

Aujourd'hui, je passe à la fouille et je m'énerve. Je sais que je vais déclencher le fameux bip et que des mains d'hommes vont me palper de la tête aux pieds.

Or je vais vraiment faire exploser l'avion de 13 h 30.

J'ai choisi un vol au départ de Roissy-Charles-de-Gaulle plutôt que d'Orly. J'avais pour cela les meilleures raisons : l'aéroport de Roissy est autrement beau et agréable, les destinations sont plus variées et lointaines, les magasins hors taxes offrent davantage de possibilités. Mais le motif principal, c'est qu'aux toilettes d'Orly, il y a des dames pipi.

Le problème n'est pas de les payer. On a toujours une pièce qui traîne au fond d'une poche. Ce que je ne supporte pas, c'est de rencontrer la personne qui va nettoyer mes traces. C'est humiliant pour elle et pour moi. Je ne crois pas exagéré d'affirmer que je suis un délicat.

Or je risque d'aller beaucoup aux toilettes aujourd'hui. C'est la première fois que je m'apprête à faire exploser un avion. C'est aussi la dernière fois, puisque je serai à bord. J'ai eu beau réfléchir à des solutions plus avantageuses pour moi, je n'en ai pas trouvé. Quand on est un citoyen lambda, un tel acte implique nécessairement le suicide. Ou alors il faut appartenir à un réseau organisé, ce qui n'est pas de mon goût.

Je n'ai pas l'âme d'un collaborateur. Je n'ai pas l'esprit d'équipe. Je n'ai rien contre l'espèce humaine, j'ai de l'inclination pour l'amitié et l'amour, mais je ne conçois l'action que solitaire. Comment voulez-vous accomplir de grandes choses avec quelqu'un dans les pattes ? Il y a des cas où l'on ne doit compter que sur soi-même.

On ne peut être qualifié de ponctuel lorsque l'on arrive trop tôt. J'appartiens à cette espèce : j'ai si peur du retard que j'ai immanquablement une avance considérable.

Aujourd'hui, je pulvérise mon propre record : au moment de me présenter à l'enregistrement, il est 8 h 30. La demoiselle me propose une place sur l'avion d'avant. Je refuse.

Cinq heures d'attente ne seront pas de trop puisque j'ai emporté ce carnet et ce stylo. Moi qui jusqu'à la quarantaine avais réussi à éviter le déshonneur de l'écriture, je découvre que l'activité criminelle entraîne le besoin d'écrire. Ce n'est pas grave puisque mes scribouillages exploseront avec moi dans le crash aérien. Je n'en serai pas réduit à proposer la lecture de mon manuscrit à un éditeur, en sollicitant son opinion d'un air faussement détaché.

10

À la fouille, j'ai déclenché le bip. Pour la première fois, j'ai ri. Comme prévu, des mains d'hommes m'ont palpé de la tête aux pieds. Mon hilarité leur a semblé suspecte, j'ai dit que j'étais chatouilleux. Quand ils ont passé le contenu de mon sac au peigne fin, j'ai mordu l'intérieur de mes joues pour ne pas rigoler. Je ne possédais pas encore ce qui allait me servir à commettre le crime. Ensuite, dans une boutique hors taxes, j'ai acheté le matériel.

Il est à présent 9 h 30. J'ai quatre heures devant moi pour assouvir ce curieux besoin : écrire ce qui n'aura pas le temps d'être lu. Il paraît qu'à l'instant de mourir, on voit défiler sa vie entière en une seconde. Je saurai bientôt si c'est vrai. Cette perspective me plaît, je n'aimerais pour rien au monde manquer le *best of* de mon histoire. Si j'écris, c'est peut-être pour préparer le travail du monteur qui sélectionnera les images : lui rappeler les meilleurs moments, suggérer de laisser dans l'ombre ceux qui m'auront moins importé.

Si j'écris, c'est aussi de peur que ce fulgurant film n'existe pas. Il n'est pas exclu que ce soit un bobard et qu'on meure stupidement, sans rien voir du tout. L'idée de m'anéantir sans cette transe récapitulative me désolerait. Par précaution, je vais essayer de m'offrir ce clip par l'écriture.

Ça me rappelle ma nièce Alicia, quatorze ans. Cette gosse est installée devant MTV depuis sa naissance. Je lui ai dit que si elle mourait, elle verrait défiler un vidéo clip qui commencerait par Take That et se terminerait par Coldplay. Elle a souri. Sa mère m'a demandé pourquoi j'agressais sa fille. Si taquiner une adolescente revient à l'agresser, j'ose à peine imaginer quel verbe ma belle-sœur emploiera quand elle apprendra mon rôle dans l'affaire du Boeing 747.

Bien évidemment, j'y pense. Les attentats n'existent que pour le qu'en-dira-t-on et pour les médias, ce commérage à échelle planétaire. On ne détourne pas un avion pour le plaisir, mais pour occuper la une. Supprimez les médias et tous les terroristes se retrouveront au chômage. Ce n'est pas demain la veille.

Je songe que dès 14 heures, mettons 14 h 30, vu les sempiternels retards, mes agents s'appelleront CNN, AFP, etc. La tête de ma belle-sœur ce soir devant le 20 heures. « Je te l'avais bien dit que ton frère était un malade ! » J'en suis assez fier. Grâce à moi, Alicia regardera une autre chaîne que MTV pour la première fois de sa vie. On m'en voudra quand même.

Il n'est pas absurde que je m'offre dès maintenant le plaisir d'imaginer la scène : je ne serai plus là pour savourer l'indignation que j'aurai provoquée. Pour apprécier de son vivant une réputation posthume, rien de tel que de l'anticiper par écrit.

Les réactions de mes parents : « J'ai toujours su que mon deuxième fils était spécial. Il tient ça de moi », dira mon père, quand ma mère sera déjà en train d'inventer d'authentiques souvenirs préfigurant mon destin : « Quand il avait huit ans, il construisait des avions en Lego puis les jetait sur son ranch miniature. »

Ma sœur, pour sa part, racontera avec attendrissement des souvenirs réels mais dont on cherchera en vain le rapport avec l'affaire : « Il contemplait longtemps les bonbons dans sa main avant de les manger. »

Mon frère, si sa femme le laisse parler, dira qu'avec le prénom que je portais, il fallait s'y attendre. Et cette aberration ne sera pas sans fondement.

Quand j'étais dans le ventre de ma mère, mes parents, persuadés que j'étais une fille, m'avaient baptisé Zoé. « Un si joli prénom, et qui signifie la vie ! » proclamaient-ils. « Et qui rime avec ton prénom », disaient-ils à Chloé, conquise par sa future petite sœur. Ils étaient déjà tellement comblés par le sérieux d'Éric, leur aîné, qu'un deuxième fils leur paraissait superflu. Zoé ne pouvait être que le doublon de l'exquise Chloé, la même en réduction.

Je naquis avec un démenti entre les jambes. Ils s'en accommodèrent avec bonne humeur. Mais ils tenaient tellement au prénom de Zoé qu'ils cherchèrent à tout prix un équivalent masculin :

13

dans une encyclopédie vétuste, ils trouvèrent Zoïle et me l'attribuèrent sans même s'intéresser à la signification de ce qui me condamnerait à être un hapax.

J'ai appris par cœur les six lignes consacrées à Zoïle dans le *Robert des noms propres* : « Zoïle (en grec Zôilos). Sophiste grec (Amphipolis ou Éphèse, ~ IVe siècle). Fameux surtout pour sa critique passionnée et mesquine contre Homère, il fut surnommé "Homéromastix" (le Fléau d'Homère). C'était, dit-on, le titre de son ouvrage, où il essayait de prouver, au nom du bon sens, l'absurdité du merveilleux homérique. »

Il paraît que ce nom était entré dans la langue courante. Ainsi Goethe avait assez conscience de son génie pour qualifier de Zoiloi les critiques qui le vilipendaient.

Dans une encyclopédie de philologie, j'ai même appris que Zoïle serait mort lapidé par une foule de braves gens écœurés par ses propos sur l'*Odyssée*. Époque héroïque où les amateurs d'une œuvre littéraire n'hésitaient pas à zigouiller le critique imbuvable.

Bref, Zoïle était un crétin odieux et ridicule. Ce qui explique que personne n'ait jamais appelé son enfant de ce prénom à la sonorité bizarre. Sauf mes parents, bien sûr.

À douze ans, quand je découvris ma funeste homonymie, j'allai demander des comptes à mon père qui s'en tira avec des « plus personne ne sait cela ». Ma mère fit plus fort encore :

– N'écoute pas ces racontars !

– Maman, c'est dans le dictionnaire !

– S'il fallait croire tout ce qui est dans le dictionnaire…

– Il le faut ! dis-je d'un ton de Commandeur.

Elle choisit aussitôt une autre argumentation, plus retorse et calamiteuse :

– Il n'avait pas tort, reconnais que dans l'*Iliade*, il y a des longueurs.

Impossible de lui faire avouer qu'elle ne l'avait pas lue.

Tant qu'à me donner le nom d'un sophiste, je n'aurais rien eu contre Gorgias, Protagoras ou Zénon, dont les intelligences n'ont pas fini d'intriguer. Mais s'appeler comme le plus stupide et le plus méprisable d'entre eux ne prédisposait pas à un noble avenir.

À quinze ans, je pris le taureau par les cornes, autant devancer mon destin : j'allais retraduire Homère.

En novembre, il y avait une semaine de vacances scolaires. Mes parents possédaient au fin fond de la forêt une cambuse sans prestige où nous allions parfois nous mettre au vert. Je leur en demandai les clés.

– Que vas-tu faire là-bas tout seul ? interrogea mon père.

– Traduire l'*Iliade* et l'*Odyssée*.

– Il en existe déjà d'excellentes traductions.

– Je sais. Mais quand on traduit soi-même un texte, il se crée entre lui et soi un lien bien plus fort que par la lecture.

– Comptes-tu réfuter ton célèbre homonyme ?

– Je l'ignore. Avant d'en juger, il faut que je connaisse intimement cette œuvre.

J'effectuai le trajet en train jusqu'au village, puis à pied jusqu'à la maison : une marche d'une dizaine de kilomètres. Dans mon sac à dos, je

sentais avec exaltation le poids du vieux dictionnaire et des deux livres illustres.

J'arrivai tard le vendredi soir. L'intérieur de la
bicoque était glacial. Je fis un feu dans la cheminée et me blottis près de l'âtre dans un fauteuil
que je jonchai de couvertures. Le froid m'anes-
thésia au point que je m'endormis.

Je m'éveillai là, stupéfait, au petit matin. Les
braises rougeoyaient dans l'obscurité. À l'idée de
ce qui m'attendait, je fus foudroyé d'exaltation :
j'avais quinze ans et pendant neuf jours d'absolue solitude, j'allais pénétrer de toute ma force
l'œuvre la plus vénérable de l'Histoire. J'ajoutai
une bûche dans la cheminée et me préparai
du café. Au coin du feu, j'installai une tablette
avec le dictionnaire et les livres : je m'assis, muni
d'un cahier vierge et me lançai dans la colère
d'Achille.

De temps en temps, je levais le nez du texte
pour m'extasier de l'instant : « Sois conscient de
l'immensité de ce qui t'arrive », me répétais-je. Je
ne cessais d'en avoir conscience. Ma surexcita-
tion survécut à l'écoulement des jours : la résis-
tance du grec renouvelait *ad libitum* la sensation
d'une conquête amoureuse de premier ordre.
Souvent, je m'apercevais que je traduisais infini-
ment mieux au moment où j'écrivais. L'écriture
supposant un passage de la pensée par un tron-
çon de corps – que j'imaginais constitué du cou,

de l'épaule et du bras droit –, je décidai d'enrichir mon cerveau de mon corps entier. Quand un vers me dérobait sa signification, je le scandais au rythme de mes pieds, de mes genoux et de ma main gauche. Ne s'ensuivait aucun résultat. Je chantonnais alors et élevais la voix. Aucun résultat. De guerre lasse, j'allais soulager un besoin aux toilettes. De retour, le vers se traduisait tout seul.

La première fois, j'écarquillai les yeux. Fallait-il faire pipi pour comprendre ? Combien de litres d'eau devrais-je boire pour traduire de tels pavés ? Puis je réalisai que la miction n'y était pour rien. Ce qui avait fonctionné, c'était les quelques pas pour me rendre aux cabinets. J'avais appelé mes jambes à la rescousse ; encore fallait-il les activer pour trouver la solution. L'expression « ça marche » n'a sans doute pas d'autre explication.

Je pris l'habitude de me promener dans la forêt à la tombée du soir. Les grandes ombres des arbres et l'air glacial me réjouissaient, j'avais l'impression d'affronter un environnement hostile et démesuré. Péripatéticien de la version, je sentais que l'exercice donnait à mon cerveau la force qui lui manquait. À la maison, je comblais les blancs du texte.

Les neuf jours ne suffirent pas même à traduire la moitié de l'*Iliade*. Ce fut cependant avec un sentiment de triomphe que je regagnai la ville. J'avais vécu une idylle sublime qui me liait à Homère pour toujours.

Vingt-cinq années se sont écoulées depuis et force est de constater que je suis devenu incapable de restituer le moindre vers. Mais ma mémoire a conservé l'essentiel : l'extraordinaire énergie de cette extase. La fécondité d'un cerveau qui tourne à plein régime et qui convoque toute la nature, y compris la sienne. À quinze ans, il y a une ardeur de l'intelligence qu'il importe d'attraper : comme certaines comètes, elle ne repassera plus.

Au retour des vacances, j'essayai de raconter à des camarades du lycée ce qui m'était arrivé. Personne ne m'écouta. Cela ne m'étonna pas : je n'intéressais pas, je n'avais jamais intéressé. Je n'étais pas une personnalité charismatique : je m'en voulais d'en souffrir. Qu'est-ce que cela pouvait me faire ? J'aurais dû me douter qu'un séjour intime en compagnie d'Homère ne risquait pas d'émouvoir une poignée de lycéens. Aussi, pourquoi voulais-je les impressionner ?

À l'adolescence se pose la question cruciale du rayonnement : sera-t-on dans la lumière ou dans l'obscurité ? J'aurais aimé pouvoir choisir.

Je ne le pouvais pas : quelque chose que je ne parvenais pas à analyser me condamnait à l'ombre. Et celle-ci n'eût pu me plaire que si je l'avais élue.

Par ailleurs, j'étais comme les autres : j'aimais les personnalités charismatiques. Quand Fred Warnus ou Steve Caravan parlaient, j'étais sous le charme. J'aurais été incapable d'expliquer leur séduction, mais je la subissais avec enthousiasme. Je savais que ce mystère me dépassait.

En Europe occidentale, nous n'avons pas vécu de guerre depuis longtemps. Les générations en temps de paix prolongée ont d'autres manières d'accuser les moissons de la Grande Faucheuse. Chaque année, on ajoute d'innombrables noms à la stèle des victimes que la médiocrité a eues. Il convient de leur laisser le bénéfice du doute : elles ne se sont pas dérobées au combat, ce ne sont pas des déserteurs, certaines même, à quinze ans, étaient des dieux vivants. Le terme ne dépasse pas ma pensée : quand un adolescent monte au front, il offre le plus éblouissant des spectacles. Warnus et Caravan crépitaient d'une sorte de feu sacré.

À dix-huit ans, Warnus a été fauché : il est entré à l'université et, du jour au lendemain, le brillant esprit a rabâché les slogans éculés de tel ou tel professeur. Caravan a tenu plus long-temps : parti à La Nouvelle-Orléans pour se former auprès des meilleurs musiciens de blues, il promettait. Je l'avais entendu jouer, j'en avais eu la chair de poule. Vers l'âge de trente ans, je l'ai croisé au supermarché ; son caddy regorgeait de bières. Il m'a dit sans honte que le blues, il en avait jusque-là, et qu'il n'était pas mécontent d'avoir été « rattrapé par le principe de réalité ». Je n'ai pas osé lui demander si c'était ainsi qu'il appelait les packs de bières.

La médiocrité n'emprunte pas forcément la voie socio-professionnelle pour l'emporter. Ses victoires sont souvent beaucoup plus intimes. Si j'ai choisi d'évoquer deux garçons qui, à quinze ans, tutoyaient la divinité, la Grande Faucheuse ne s'en prend pas qu'à l'élite. Sans le savoir, ou le sachant, nous sommes tous envoyés au combat et il y a tant de manières d'y être vaincus.

La liste des victimes n'est précisée nulle part : on ne sait jamais avec certitude qui y est inscrit, on ignore même si son propre nom y figure. Pour autant, on ne peut douter de l'existence de ce front. À quarante ans, les survivants sont si peu nombreux que l'on est hanté par un sentiment tragique. À quarante ans, on est forcément en deuil.

Je ne pense pas que la médiocrité m'ait eu. J'ai toujours réussi à maintenir une vigilance de ce côté-là, grâce à quelques signaux d'alarme. Le plus efficace d'entre eux est le suivant : aussi long-temps qu'on ne se réjouit pas de la chute de quel-qu'un, c'est qu'on peut encore se regarder dans la glace. Se délecter de la médiocrité d'autrui reste le comble de la médiocrité.

Je conserve une vaste capacité à souffrir de la déliquescence de ceux que je connais. Dernière-ment, j'ai revu Laura, qui fut une excellente amie lors de mes études universitaires. Je lui demandai des nouvelles de Violette qui était la beauté de notre année. Elle me répondit en jubi-lant qu'elle avait pris trente kilos et plus de rides que la fée Carabosse. Sa joie me fit froid dans le dos. Elle acheva de me désoler en se scandalisant de mon regret concernant la carrière de Steve Caravan :

– Pourquoi le juges-tu ?

– Je ne le juge pas. Je suis seulement désolé qu'il ait arrêté la musique. Il avait tellement de talent.

– Ce n'est pas en se prenant pour un génie qu'on paie les factures.

Il y avait plus laid que cette phrase : c'était l'aigreur que ce propos suintait.

– Alors pour toi, Steve, c'était quelqu'un qui se prenait pour un génie ? Tu n'as jamais imaginé qu'il pouvait l'être ?

– Il avait un petit talent, comme chacun d'entre nous.

Cela ne servait à rien de continuer. Supporter le discours des bien-pensants n'est déjà pas facile, mais cela devient intolérable quand on découvre l'ampleur de la haine dissimulée derrière ce catéchisme.

Haine : le mot est lâché. Dans quelques heures, un avion aura explosé suite à mon intervention. Malgré mes précautions, on ne s'en tirera pas à moins de cent morts. Des victimes innocentes, je l'écris sans ironie. Qui suis-je pour stigmatiser la haine éprouvée par les autres ?

J'ai besoin d'écrire ceci à ma propre intention : je ne suis pas un terroriste. Un terroriste agit au nom d'une revendication. Je n'en ai aucune. Je ne suis pas mécontent de me distinguer radicalement de cette pègre qui cherche un prétexte à sa haine.

Je hais la haine et pourtant je la ressens. Je connais ce venin qui s'inocule dans le sang en une morsure et qui infecte jusqu'à l'os. L'acte que je m'apprête à accomplir en est l'expression pure. Si c'était du terrorisme, j'inventerais à ma haine un déguisement nationaliste, politique ou religieux. J'ose dire que je suis un monstre honnête : je n'essaie pas de donner à mon exécration une cause, un but ou des lettres de noblesse. Affubler un dispositif de destruction d'un motif, quel qu'il soit, me répugne.

Depuis Troie, personne n'est dupe : on tue pour tuer, on brûle pour brûler, on ne doute pas de trouver ensuite une légitimation. Ceci n'est pas une tentative de justification puisque personne ne me lira, mais un désir intime de clarifier les choses : si prémédité soit-il, le crime que je vais perpétrer est à cent pour cent pulsionnel. Il m'a suffi de conserver intact l'élan de ma haine, de ne pas le laisser s'affadir et ralentir et s'affaisser en un faux oubli de pourriture.

Après ma mort imminente, on me traitera de ce que je ne suis pas et il m'importe peu de ne pas être compris de qui je méprise. Mais le mal a son hygiène et la mienne me pousse à dire que suite au crash aérien, je serai un salaud, une ordure, un cinglé, une raclure – tout sauf un terroriste. On a sa coquetterie.

Il ne s'agit pas non plus de donner un sens à ma vie : elle n'en manque pas. J'avoue ma sidération face à ces gens innombrables qui, s'il faut les en croire, souffrent du peu de sens de leur existence. Ils m'évoquent les élégantes qui s'écrient, devant une garde-robe fabuleuse, qu'elles n'ont rien à se mettre. Le simple fait de vivre est un sens. Vivre sur cette planète en est un autre. Vivre parmi les autres en est un supplémentaire, etc. Déclarer que sa vie n'a pas de sens, ce n'est pas sérieux. Dans mon cas, il serait exact de dire que jusqu'ici ma vie n'avait pas d'objet. Et je m'en trouvais bien. C'était une vie intransitive. Je vivais de façon absolue et j'aurais pu continuer ainsi à plein contentement. C'est là que le destin m'a rattrapé.

Le destin habitait un appartement sous les toits. Depuis quinze ans, mon métier consiste à apporter, à ceux qui viennent d'emménager, des solutions énergétiques qu'ils n'ont pas demandées. En fonction des installations – devrais-je dire des désastres ? –, j'oriente vers EDF ou GDF, dont je suis vaguement l'employé ; je calcule et octroie des crédits quand je tombe sur des situations sociales auxquelles le mot de précarité ne convient plus. J'exerce cette tâche à Paris et j'ai eu plus souvent qu'à mon tour l'occasion de vérifier ce que les gens sont capables d'endurer pour habiter cette ville.

Par un reste de pudeur, d'aucuns m'affirment que le délabrement de leur logis ne durera pas : « Nous venons d'arriver, vous comprenez. » J'opine. Je sais que dans l'immense majorité des cas, il n'y aura aucune amélioration : le seul changement consistera à accumuler un fatras qui recouvrira le tohu-bohu des origines.

La version officielle est que j'aime ce métier parce qu'il me permet de rencontrer des individus surprenants. Ce n'est pas faux. Il serait néanmoins plus exact de préciser que cette fonction nourrit mon indiscrétion naturelle. J'aime découvrir la vérité des lieux de vie, les bouges effarants auxquels les humains consentent de s'accommoder.

Il n'entre aucun mépris dans ma curiosité. Quand je vois ma propre turne, je ne pavoise pas. J'ai seulement conscience de mettre le doigt sur un secret inavouable qui n'a rien d'un détail : notre espèce n'est pas mieux logée que les rats. Dans les publicités, les films, on voit des êtres se mouvoir en des lofts somptueux ou des boudoirs délicats. En quinze ans de carrière, je n'ai jamais vu personne emménager dans ces splendeurs d'outre-monde.

En ce jour de décembre, j'avais rendez-vous chez une nouvelle arrivante du quartier Montorgueil. Le registre spécifiait qu'elle était romancière. Mon esprit s'était éveillé, je ne me souvenais pas avoir investigué chez quiconque de cette profession.

À ma surprise, je ne fus pas reçu par une jeune femme, mais par deux. L'une était une anormale légère qui ne quitta pas le canapé où elle se tassait et qui me salua d'un son nasal. L'autre, charmante et vive, me pria d'entrer. Ses manières exquises contrastaient avec l'état des lieux. L'appartement sous les toits ne comportait tout simplement aucun chauffage.

– Comment faites-vous pour vivre ici ? lui demandai-je, effaré du froid glacial.

– Comme vous voyez, dit-elle en montrant son accoutrement et celui de la débile sur son sofa.

Les deux filles portaient une quinzaine de

pulls de laine recouverts d'autant de manteaux, écharpes et bonnets. L'anormale avait l'air d'une version demeurée du yéti. La jolie conservait dans cette tenue une allure gracieuse. L'espace d'un instant, je me demandai si elles formaient un couple. Comme pour répondre à ma question tacite, la créature se mit à faire des bulles avec sa salive. Non, elles ne pouvaient pas être ensemble. J'en ressentis du soulagement.

– Et vous tenez le coup ? interrogeai-je stupidement.

– Nous n'avons pas le choix, répondit-elle.

La débile avait l'absence d'âge des gens de son espèce. La mignonne devait avoir entre vingt-cinq et trente ans. Sur mon registre, il était inscrit : « A. Malèze ».

A : Agathe ? Anna ? Aurélia ? Audrey ?

Je n'étais pas censé la questionner là-dessus. J'examinai les quelques pièces et constatai avec étonnement que l'eau ne gelait pas dans les toilettes. Il régnait une température d'une dizaine de degrés dans l'appartement. C'était peu, certes, mais d'où venait l'impression qu'il en faisait dix de moins ? Je regardai le plafond presque entièrement vitré. L'isolation était déplorable, un courant d'air permanent glaçait les os. J'évaluai le coût des travaux à prévoir à plusieurs centaines de milliers d'euros. Le pire, c'est que rien n'était envisageable avant l'été, puisqu'il faudrait éventrer le toit. Je le lui dis. Elle éclata de rire.

– Je n'ai pas le premier sou de cette somme. Nous avons mis tout notre argent dans l'achat de cet appartement.

« Nous » : elles devaient être sœurs.

– Mais vous pourriez emprunter et aller loger momentanément chez un parent.

– Nous n'en avons aucun.

C'était poignant, ces courageuses orphelines, dont l'une était bonne pour l'asile.

– Vous n'allez pas pouvoir passer l'hiver comme ça, dis-je.

– Il faudra bien. Nous n'avons pas de solution de repli.

– Je peux vous trouver une place dans un foyer social.

– Il n'en est pas question. De toute façon, nous ne nous plaignons de rien. C'est vous qui avez tenu à nous rendre cette visite d'inspection.

Ce ton de défensive me crispa le cœur.

– Et la nuit, comment parvenez-vous à dormir ?

– Je remplis des bouillottes et nous nous serrons l'une contre l'autre sous la couette.

Je comprenais mieux la présence de l'idiote : elle tenait chaud. Vertu irremplaçable dont je connaissais, par l'exercice de mon métier, la place capitale dans les conduites humaines.

La fierté de la demoiselle me plaisait. Je tentai le tout pour le tout :

– Il n'est pas possible que je sorte d'ici sans vous proposer une aide, un recours ou une médiation.

– Que proposez-vous donc ?

– Je peux vous apporter des chauffages électriques d'appoint. Gratuitement.

– Nous n'aurons pas les moyens de payer la facture d'électricité qui en résultera.

– EDF a prévu des aménagements pour ce genre de problèmes.

– Nous ne sommes pas des nécessiteuses.

– Votre attitude vous honore. Mais la bronchite chronique, ça existe, qui peut dégénérer en pleurésie. Les cas sont de plus en plus fréquents.

– Nous jouissons d'une santé excellente.

Elle devenait hostile. Je compris que j'étais invité à partir. La seule chose que j'obtins grâce à mon insistance fut un nouveau rendez-vous afin de bâcher le plafond avec de vastes toiles de plastique.

– Ce sera laid, dit-elle.

– Mais provisoire, répondis-je en tentant un sourire de réconciliation.

Je remis à la prochaine rencontre les questions que je brûlais de lui poser.

Dès que je fus dehors, je fonçai à la Fnac des

Halles à la recherche des romans d'une A. Malèze. Je tombai sur *Balles à blanc* d'Aliénor Malèze. Aliénor : c'était si beau que j'en restai interdit.

Après la lecture de ce roman, je me demandai, non sans appréhension, en quoi ces balles à
blanc pourraient être plus inoffensives que des
balles réelles. J'étais incapable de répondre et
de savoir si j'aimais ce roman. Semblablement,
je ne puis préciser si j'aimerais recevoir une
fléchette de curare entre les deux yeux ou
nager parmi les requins avec une blessure à la
jambe.

Je me concentrai sur les points positifs. Ainsi,
j'avais ressenti un soulagement profond quand
j'avais eu fini ce livre. Certes, j'avais souffert en
le lisant, mais pas pour des raisons littéraires.
J'appréciais par ailleurs qu'il n'y ait pas de photo
de l'auteur sur la jaquette, en cette époque où
l'on échappe de moins en moins à la bobine de
l'écrivain en gros plan sur la couverture. Ce
détail me réjouit d'autant plus que je connaissais
le ravissant visage de Mademoiselle Malèze qui
eût pu servir d'argument de vente. La notice ne
disait pas l'âge de la romancière, pas plus qu'elle

ne nous racontait qu'il s'agissait du talent le plus prometteur de sa génération. En foi de quoi, je pouvais conclure que ce bouquin ne manquait pas de qualités.

Grâce à la rubrique «Du même auteur», j'appris que ce n'était pas un premier roman. Elle en avait déjà publié quatre : *Sans anesthésie*, *In vivo*, *Effractions* et *Stade terminal*. J'éprouvai le désespoir du chevalier qui, se croyant sorti victorieux de l'épreuve, découvre que la dame de ses pensées lui en impose quatre autres du même acabit.

Je les commandai chez le libraire de mon quartier et j'attendis fiévreusement le prochain rendez-vous. Apporterais-je le livre à dédicacer ? Était-ce une bonne idée ? Si j'étais écrivain, aimerais-je que d'aucuns se conduisent ainsi avec moi ? Le prendrait-elle pour un geste déplacé, une familiarité, un empiètement sur sa vie privée ? Je m'arrachais les cheveux sur ces questions d'étiquette qui avaient désormais envahi le peu d'espace social où je me mouvais.

Le jour venu, je mis *Balles à blanc* dans mon sac à dos, sans avoir décidé d'un plan. Aliénor : j'avais tant cristallisé sur ce prénom qu'il sonnait à mes oreilles comme un diamant. Il faudrait pourtant que j'évite de l'appeler ainsi : cette perspective me parut aussi difficile que de ne pas remercier une harpiste qui aurait joué du Debussy au moment où l'on aurait eu le besoin urgent d'entendre ce genre de beauté.

Aliénor m'accueillit avec une politesse qui me fit mal. La copine neuneu, dans son coin, mangeait une casserole de purée fumante. « Ça réchauffe », me dit-elle d'une voix de bec-de-lièvre. J'opinai et commençai à travailler. Le bâchage s'avéra plus difficile que je ne l'avais cru : la romancière m'aida et je lui avouai honteusement que sans elle, j'aurais dû renoncer et la laisser en proie aux courants d'air avant de revenir avec une équipe.

– Vous voyez, ce n'est pas si vilain, dis-je quand ce fut achevé.

– Le ciel mérite mieux qu'une transparence de plastique, répondit-elle. Quand l'enlèverez-vous ?

– Doucement ! Nous venons à peine de poser cette bâche. Avant fin avril, à votre place, je ne toucherais à rien.

Du grand sac qui contenait la toile de plastique, je sortis le plus petit modèle de chauffage électrique à panneau rayonnant.

– À présent, votre intérieur est isolé, cela vaut la peine de chauffer, commentai-je. Cet appareil consomme beaucoup moins que les convecteurs.

– Je ne vous ai rien demandé.

– Vous n'êtes pas obligée de vous en servir. Mais vous n'allez pas me forcer à le trimbaler la journée entière. Je le laisse ici, je le reprendrai fin avril, avec la bâche.

Elle retira ses mitaines pour en effleurer la surface, comme s'il s'agissait d'un animal domestique que je voulais lui refiler ; sur l'une de ses mains, j'avisai une blessure immonde et ne pus retenir un cri.

– Ce n'est rien, dit-elle. La bouillotte a explosé pendant que je dormais. Je peux m'estimer heureuse de m'en tirer avec une brûlure à la main.

– Vous avez montré ça à un médecin ?

– Inutile. C'est spectaculaire à cause des cloques, c'est tout.

Elle remit ses mitaines. Il faisait si froid dans cet appartement que j'avais l'impression que l'on pourrait y découper l'air en cubes. À l'idée d'abandonner cette fille dans cette geôle glacée, mon cœur se serra.

– Vous parvenez à écrire ici ? balbutiai-je.

– Aliénor ! Une question pour toi !

L'anormale me regarda d'un air ahuri. Moins ahuri que moi. Quoi ! C'était elle, l'écrivain ?

– Vous parvenez à écrire ici ? répétai-je avec terreur, en contemplant les restes de purée tout autour de sa bouche.

– J'aime bien, répondit la bec-de-lièvre.

Pour cacher mon épouvante, j'allai chercher le livre dans le sac à dos.

– Regarde, dit la jolie. Le monsieur a apporté ton roman. Veux-tu le lui dédicacer ?

La créature poussa un borborygme joyeux qui me parut un assentiment. J'aurais préféré donner

38

le bouquin à la mignonne pour qu'elle le lui passe, mais j'eus le courage de le tendre à la vilaine, avec mon stylo. Elle observa ce dernier un très long moment.

– C'est le stylo du monsieur. Il faudra le lui rendre, articula celle dont j'ignorais le prénom.

Aliénor, pensais-je. Depuis que je savais de qui c'était le nom, il avait changé. J'y entendais « Alien ». Oui, elle ressemblait à la chose du film. Ce devait être pour cette raison qu'elle m'inspirait tant d'angoisse.

– Il y a un café à côté, dis-je à la jolie. Voulez-vous boire un verre ?

Elle expliqua à la neuneu qu'elle allait au café avec le monsieur et lui suggéra d'en profiter pour écrire une dédicace digne d'elle. Je me demandai ce que cela pouvait signifier et ce qu'avait à faire la dignité ou l'indignité avec l'état de zombie qui la caractérisait.

Au troquet, elle dut lire les points d'interrogation dans mes yeux, car elle prit la parole aussitôt :

– Je sais. C'est incroyable qu'un tel écrivain soit une attardée. Ne protestez pas, le mot n'est pas admis, mais je le trouve juste et sans mépris. Aliénor est quelqu'un de lent. Le temps qu'elle met à faire la moindre chose lui confère une sorte de talent. Son langage est dénué des automatismes dont le nôtre regorge.

– Ce n'est pas ce qui m'étonne le plus. Son

livre est si violent. Aliénor semble si douce et gentille.

– Pour vous, un écrivain gentil, ça écrit des livres gentils ? demanda-t-elle.

Je me sentis le roi des crétins et la laissai parler.

– Vous avez raison sur un point, continua-t-elle, Aliénor est douce et gentille. Elle l'est vraiment, sans calcul. Si je ne m'occupais pas d'elle, les éditeurs la ratiboiseraient.

– Vous êtes son agent ?

– En quelque sorte, même si aucun contrat ne le spécifie. J'ai rencontré Aliénor à la publication de son premier roman, il y a cinq ans. J'avais été séduite par son style et je m'étais rendue au Salon du Livre pour obtenir sa dédicace. En quatrième de couverture, la maison d'édition spécifiait qu'Aliénor Malèze était authentique et singulière et que « sa différence était un enrichissement pour notre société ». Quand je l'ai aperçue, j'ai eu un choc. Une telle innocence crevait les yeux. À son stand, au lieu de prendre le livre qu'on lui tendait ou d'arborer le sourire commercial de qui a quelque chose à vendre, elle se curait le nez avec application sans se soucier des regards désapprobateurs des passants. À ce moment-là, une dame l'a rejointe et je l'ai vue distinctement lui enfoncer le poing dans le bas du dos, tout en l'incitant, de l'autre main, à se saisir du stylo. J'ai aussitôt compris qu'il fallait la protéger.

– Sur *Balles à blanc*, il n'est pas précisé qu'elle est… différente.

– Dès son deuxième livre, j'y ai veillé. Se servir de son handicap comme argument de vente me choquait, d'autant plus qu'on peut très bien la lire sans savoir ce détail. Quand j'ai obtenu que l'on ne signale plus son problème, l'éditeur a tenté de placer sa photo sur la jaquette. Cela revenait au même, puisque le visage d'Aliénor dit tout. Je me suis battue contre ce projet.

– Avec succès.

– Oui. Le plus difficile a été d'entrer en contact avec elle. Ce n'est pas qu'elle cachait ses coordonnées, elle ne les connaissait pas. J'ai été forcée de la suivre. Et j'ai découvert le pot aux roses : son éditeur l'enfermait seule dans un studio microscopique avec un magnétophone. Une espèce de matonne passait le soir et écoutait la bande sur laquelle Aliénor était censée enregistrer son prochain roman. Si elle estimait que la prisonnière avait bien travaillé, elle lui laissait beaucoup de nourriture. Sinon, rien. Aliénor adore manger. Pourtant, elle ne comprenait rien à ce chantage.

– C'est révulsant.

– Le pire est que je ne pouvais pas empêcher cela. Au terme de longues recherches, j'ai retrouvé ses parents à qui ces Thénardier d'éditeurs avaient assuré que leur fille menait la grande vie à Paris. Je leur ai révélé la vérité. Cela les a scandalisés, mais ils m'ont avoué qu'ils n'avaient plus la force de s'occuper d'elle. J'ai dit que j'étais prête à accueillir Aliénor chez moi et à veiller sur elle. Ils ne se sont pas montrés regardants. Heureusement, car à l'époque j'habitais un bouge invraisemblable à la Goutte-d'Or, en comparaison duquel notre appartement actuel, acheté grâce aux droits d'auteur d'Aliénor, est un palace. Vous vous offusquez que nous n'ayons pas de chauffage. À la Goutte-d'Or, non seulement nous n'avions pas de chauffage, mais nous n'avions pas l'eau courante.

– L'éditeur n'a-t-il pas essayé de s'interposer ?

– Si, bien sûr. Mais les parents avaient mis leur fille sous ma tutelle, ce qui nous protège toutes les deux. Je ne la considère pas pour autant comme ma pupille, d'autant qu'elle est mon aînée de trois ans. En vérité, je l'aime autant que si elle était ma sœur, même si vivre avec elle n'est pas toujours facile.

– L'écrivain, j'ai d'abord cru que c'était vous.

– C'est drôle. Avant de connaître Aliénor, je me croyais capable d'écrire, comme tout le monde. Depuis qu'elle me dicte ses textes, je mesure ce qui me sépare d'un écrivain.

– Elle vous les dicte ?

– Oui. Rédiger à la main lui est très difficile. Et face à un clavier, elle est paralysée.

– Ce n'est pas trop pénible pour vous ?

– C'est la partie de mon rôle que je préfère. Quand j'étais une lectrice lambda d'Aliénor, je ne me rendais pas compte de son art. Sa prose limpide donne envie de devenir auteur, on se dit que ça a l'air facile. Tout lecteur devrait recopier les textes qu'il aime : rien de tel pour comprendre en quoi ils sont admirables. La lecture trop rapide ne permet pas de découvrir ce que cache cette simplicité.

– Elle a une voix bizarre, j'ai du mal à la comprendre.

– Cela fait partie de son handicap. On s'habitue à sa diction.

– De quoi souffre-t-elle exactement ?

– Une variété très rare d'autisme, la maladie de Pneux. Un docteur Pneux a répertorié cette dégénérescence appelée plus communément « autisme gentil ». L'un des problèmes des malades de Pneux est qu'ils ne se défendent absolument pas contre les agressions : ils ne les perçoivent pas comme telles.

Je réfléchis et dis :

– Pourtant, dans son livre…

– Oui. Mais c'est parce qu'Aliénor est un écrivain : en écrivant, elle parvient à formuler ce qu'elle ne voit pas dans le quotidien. Les autres malades de Pneux n'ont pas ce talent, hélas.

– Donc, son talent ne doit rien à son problème.

– Si. Son talent est une défense immunitaire qu'elle n'aurait pas développée si elle n'avait pas été malade. J'ai horreur de la théorie du mal nécessaire, mais il faut reconnaître que sans son handicap, Aliénor n'aurait pas inventé cette écriture-là.

– À part écrire sous sa dictée, en quoi consiste votre rôle ?

– Je suis l'interface entre Aliénor et le monde. C'est une fonction considérable : je négocie avec les éditeurs, je veille sur sa santé physique et mentale, j'achète sa nourriture, ses vêtements et ses livres, je sélectionne sa musique, je l'emmène au cinéma, je lui prépare ses repas, je l'aide à se laver…

– Elle en est incapable ?

– Elle perçoit la saleté comme un phénomène amusant, elle ne voit pas pourquoi elle se laverait.

– Je vous trouve courageuse, dis-je en essayant d'imaginer le nettoyage en question.

– Je dois beaucoup à Aliénor. Je vis à ses frais.

– Vu comme vous travaillez pour elle, ce n'est que justice.

– Sans elle, j'exercerais une profession ordinaire et lassante. Grâce à elle, j'ai une existence digne de ce nom ; je lui dois tout.

Ce qu'elle me racontait me pétrifiait. Il me semblait que je n'aurais jamais supporté son sort. Et elle s'en réjouissait !

Je redoutai qu'elle fût une sorte de sainte. Les saintes exercent sur moi un genre d'impact érotique dû à la seule irritation qu'elles m'inspirent. Ce n'était pas ce que je voulais éprouver pour cette jeune femme.

– Comment vous appelez-vous ? demandai-je, pour couper court à tant de grandeur d'âme.

Elle sourit, comme qui a une sacrée carte à abattre :

– Astrolabe.

Si j'avais été en train de manger, j'eusse avalé de travers.

– Mais c'est un prénom de garçon ! m'exclamai-je.

– Ah ! Enfin quelqu'un qui le sait !

– C'était le fils d'Héloïse et Abélard !

– EDF recrute des scolastiques ?

– Comment vos parents ont-ils eu l'idée de vous appeler Astrolabe ?

– Vous au moins, vous ne pensez pas que c'est un pseudonyme que je me serais choisi pour épater la galerie.

En effet. J'étais bien placé pour savoir que les parents peuvent nommer leur rejeton d'aberrante manière.

– Ma mère s'appelait Héloïse, reprit-elle, et mon père Pierre, prénom d'Abélard. Jusqu'ici, pas de quoi fouetter un chat. Peu après ma conception, mon père est devenu un fanatique de Fidel Castro et a abandonné ma mère pour aller vivre à Cuba. Maman a feint de penser que cas-triste et castré avaient la même racine. Par vengeance, elle m'a appelée Astrolabe, afin que mon père connaisse son opinion s'il revenait. Il n'est jamais revenu.

– Nommer son enfant par vengeance n'est pas un cadeau qu'on lui fait.

– Je suis de votre avis. Cependant, j'aime mon prénom.

– Vous avez raison. Il est magnifique.

J'aurais voulu que ma curiosité soit partagée. Hélas, elle ne m'interrogea pas sur mon identité. Je me lançai donc de mon propre chef. Après lui avoir expliqué qui était Zoïle, je conclus :

– Nous avons un point commun, vous et moi : un prénom tarabiscoté que nos parents nous ont donné par désinvolture coupable.

– C'est une manière de voir les choses, dit-elle, comme quelqu'un qui veut mettre un terme à une conversation. Aliénor doit avoir fini de dédicacer votre livre à présent. Venez le chercher. Je crois que je vous ai fait perdre assez de votre précieux temps.

Douché, je l'accompagnai chez elle. Quelle erreur avais-je pu commettre ? Ce fut Aliénor qui me sauva ; elle me tendit le bouquin d'un air ravi et glorieux, j'y lus cette dédicace : « Pour monsieur, bisous, Aliénor. »

– Elle vous aime bien, constata Astrolabe d'une voix radoucie.

Je ne voulus pas compromettre mon retour en grâce et m'en fus aussitôt. Par gratitude, je décidai que je lirais l'œuvre de cet écrivain avec une attention extrême.

Astrolabe : c'est évidemment pour elle que je m'apprête à détourner cet avion. Elle serait horrifiée à cette idée. Tant pis : il y a des femmes qu'il faut aimer malgré elles et des actes qu'il faut accomplir malgré soi.

Pour autant, il serait excessif d'affirmer que si mon histoire d'amour avait réussi, je ne serais pas ce *high jacker* du dimanche. D'abord parce que la réussite d'une histoire d'amour, je ne sais pas ce que c'est. Quand l'amour peut-il être considéré comme réussi ? Ensuite parce que, même en cas de succès amoureux indubitable, je ne garantis pas que je ne consacrerai pas ce dimanche à cette opération.

Lorsque Astrolabe apprendra ce que j'ai fait, elle me méprisera, me haïra, maudira le jour de notre rencontre, détruira mes lettres ou, pire, les apportera à la police ; j'ai la certitude qu'aucun homme n'aura occupé autant ses pensées. Ce n'est pas si mal.

J'ignore ce qu'est la réussite d'une histoire d'amour, mais je sais ceci : il n'y a pas d'échec amoureux. C'est une contradiction dans les termes. Éprouver l'amour est déjà un tel triomphe que l'on pourrait se demander pourquoi l'on veut davantage.

Sans que ce fût diagnostiqué comme anorexie, j'ai vécu à seize ans la disparition de l'appétit. En deux mois, j'ai perdu 20 kilos. Un garçon de 1,75 mètre pesant 40 kilos est un spectacle repoussant. Cela dura une demi-année et puis je recommençai à me nourrir. Ce phénomène eut ceci de curieux qu'il me révéla le miracle des facultés dont je fus privé : entre autres, cette fabuleuse capacité à cristalliser autour d'une personne.

À la faveur de ces six mois d'absolue frigidité, je ne risque pas d'oublier que la simple réalité du sentiment amoureux est une grâce, un état d'éveil absolu où toute autre réalité est abolie.

La commande m'attendait chez le libraire : j'emportai chez moi les livres d'Aliénor. Je les lus à m'en arracher les organes de la lecture qui, dans le cas de ces romans, étaient difficiles à identifier. Dévorer l'œuvre d'un auteur pour conquérir son escorte, ce n'était pas banal. Ensuite, j'écrivis à l'intention de Mademoiselle Malèze une épître telle qu'elle la partagerait obligatoirement avec sa protectrice. Je laissai mes coordonnées en bas de page et le prodige eut lieu : Astrolabe me téléphona.

– Quelle lettre ! dit-elle avec admiration.

– Ce n'est que l'expression de mon émerveillement.

– Aliénor m'a demandé de la lui lire à haute voix : elle voulait s'assurer que ses yeux ne l'avaient pas trompée.

– J'aimerais, pour le motif identique, que vous me lisiez ses livres à voix haute.

Je l'entendis sourire au bout du fil.

– EDF nous autorise-t-elle à vous inviter à prendre le thé chez nous sans que le chauffage y soit pour quelque chose ?

Je débarquai chez elles le samedi suivant à 17 heures. Boire du thé en compagnie de la dame de mes pensées et d'une romancière neuneu s'avéra une expérience complexe.

Il régnait dans l'appartement un froid à peine moins intense qu'auparavant.

– Vous ne vous servez pas de mon chauffage ? constatai-je.

– Dénoncez-nous à EDF. Je ne vous propose pas d'enlever votre manteau. Croyez-en notre expérience : mieux vaut garder la chaleur que vous avez accumulée.

J'offris une boîte de macarons Ladurée. Au moment de me servir le thé, Astrolabe me proposa de prendre un gâteau ; je sentis que c'était un ordre.

– C'est maintenant ou jamais, précisa-t-elle.

Je compris mieux quand le carton Ladurée arriva entre les mains d'Aliénor : après avoir grogné d'extase à plusieurs reprises, elle se mit à enfourner les macarons les uns après les autres. J'avais choisi un assortiment d'une vingtaine de pièces de saveurs différentes : à chaque goût nouveau, Aliénor barrissait, attrapait le bras d'Astrolabe pour attirer son attention et ouvrait grand la bouche afin de lui montrer la couleur du gâteau responsable d'une telle transe.

– J'aurais dû opter pour la boîte de trente, remarquai-je.

– Trente, quarante, elle mangerait tout de toute façon. N'est-ce pas, Aliénor ?

L'écrivain opina avec enthousiasme. Quand elle eut fini de manger, elle observa le carton vert jade avec admiration ; mes questions sur ses livres ne semblèrent pas l'atteindre.

– Aliénor ne répond pas quand on l'interroge sur son œuvre, dit Astrolabe. Elle ne comprend pas le principe de l'explication de texte.

– Elle a raison.

J'étais un peu gêné de parler d'elle à la troisième personne en sa présence ; aussi sa présence était relative. Elle ne nous écoutait pas.

– A-t-elle vraiment lu ma lettre ? demandai-je.

– Bien sûr. Ne soyez pas frustré, Aliénor entend les compliments. Un jour que je lui avais sorti tout un chapelet d'éloges sur un de ses paragraphes, elle a fermé les yeux. « C'est quoi, cette réaction ? » ai-je dit. « Je me blottis dans tes mots », a-t-elle répondu.

– C'est joli.

– Et puis moi, les compliments que l'on fait à Aliénor me remplissent de joie.

Cette phrase ne tomba pas dans l'oreille d'un sourd. Je lâchai une salve du dernier laudatif sur le style de la romancière. J'en rajoutais un peu, mais c'était pour la bonne cause. Astrolabe ne cachait pas le plaisir que je lui donnais : c'était un spectacle exquis.

Lorsque ma performance fut terminée, la dame de mes pensées applaudit :

– Vous êtes le meilleur louangeur que je connaisse. Aliénor est enchantée.

J'en doutais : le nez sur le motif Ladurée, la romancière consacrait son énergie à loucher.

– C'est parce que ça vient du fond du cœur, déclarai-je.

– Vous êtes un critique littéraire beaucoup plus doué que le bonhomme dont vous portez le nom.

– Vous m'en voyez rassuré, dis-je, étonné qu'elle ait retenu mes propos.

– Comment avez-vous atterri chez EDF ?

Ravi de sa curiosité à mon endroit, je me lançai

dans la courte biographie du type passionné de philologie qui, pour autant, n'avait pas envie de devenir professeur. En 1996, EDF, alors au faîte de sa puissance, octroya un budget à la publication d'un recueil de nouvelles littéraires illustrant diverses utilisations inconnues de l'électricité. J'y fus embauché, à vingt-neuf ans, en tant que directeur de publication. Dans une maison d'édition, une telle place eût fait de moi un mandarin ; chez EDF, j'avais plutôt l'air d'une personne déplacée. Quand le budget ne fut plus reconduit, je demandai à ne pas être limogé. On me trouva alors ce fromage qui est encore mien à ce jour.

– C'est un beau métier, dit Astrolabe. Vous rencontrez des gens de toute sorte.

– J'ai plutôt affaire à des misères sans nom, à des étrangers qui croient que je veux les expulser, à des cas sociaux exhibant leur pauvreté comme pour me la reprocher, à des assistantes de romancières agacées de ma sollicitude.

Elle sourit. Aliénor réclama du thé. Elle se mit à en avaler tasse sur tasse ; je compris pourquoi Astrolabe avait prévu une théière aussi cyclopéenne.

– Aliénor ne fait pas les choses à moitié, commenta-t-elle. Quand elle boit du thé, c'est au finish.

Le résultat ne tarda pas. L'écrivain alla aux toilettes, en revint, y retourna, en revint, etc. C'était un cas intéressant de mouvement perpétuel. Chaque fois qu'elle disparaissait, j'en profitais pour poser quelques jalons :

– Je voudrais tellement vous revoir.

Ou :

– Vous me hantez.

Ou :

– Même avec trois parkas les unes sur les autres, vous êtes fine et gracieuse.

Ou carrément lui prendre la main.

Mais le retour précipité d'Aliénor ne laissait jamais à la jeune femme le temps de dépasser le stade de la gêne et de répondre.

J'aurais voulu suggérer à l'imparable romancière de s'installer aux chiottes pendant une heure : à quoi bon nous rejoindre si c'était pour y retourner aussi sec ? Je soupçonnais une part de perversité enfantine chez ce personnage.

– Vous ne parlez pas beaucoup, finis-je par dire à Astrolabe.

– Je ne sais que vous dire.

– Ça va, j'ai compris.

– Non, vous n'avez pas compris.

Je notai mon adresse sur un bout de papier : je savais qu'elle l'avait déjà, mais on n'est jamais trop prudent.

– Peut-être trouverez-vous la réponse par écrit, dis-je avant de partir.

Tomber amoureux l'hiver n'est pas une bonne idée. Les symptômes sont plus sublimes et plus douloureux. La lumière parfaite du froid encourage la délectation morose de l'attente. Le frisson exalte la fébrilité. Qui s'éprend à la Sainte-Luce encourt trois mois de tremblements pathologiques.

Les autres saisons ont leurs minauderies, bourgeons, grappes et feuillages où engouffrer ses états d'âme. La nudité hivernale n'offre aucun refuge. Il y a plus traître que le mirage du désert, c'est le fameux mirage du froid, l'oasis du cercle polaire, scandale de beauté rendu possible grâce à la température négative.

L'hiver et l'amour ont ceci de commun qu'ils inspirent le désir d'être réconforté d'une telle épreuve ; la coïncidence de ces deux saisons exclut le réconfort. Soulager le froid par la chaleur écœure l'amour d'une impression d'obscénité, soulager la passion en ouvrant la fenêtre sur l'air vif envoie au tombeau en un temps record.

Mon mirage du froid s'appelait Astrolabe. Je la voyais partout. Les interminables nuits hivernales qu'elle passait à grelotter dans son antre sans chauffage, je les vivais mentalement avec elle. L'amour interdit la fatuité : au lieu d'imaginer le feu que mon corps aurait pu donner au sien, je dévalais les degrés avec la dame de mes pensées, il n'y avait pas de limite à la brûlure glacée que nous pouvions atteindre ensemble.

Le froid n'était plus une menace, mais une puissance impérieuse qui nous animait, qui parlait en son nom : « Je suis le froid et si je règne dans l'univers, c'est pour un motif si simple que nul n'y a songé : j'ai besoin qu'on me ressente. C'est le besoin de tout artiste. Aucun artiste n'a si bien réussi que moi : tout le monde et tous les mondes me ressentent. Quand le soleil et les autres étoiles se seront tous éteints, moi je brûlerai encore, et tous les morts et tous les vivants éprouveront mon étreinte. Quels que soient les desseins du ciel, la seule certitude est que le dernier mot me reviendra. Tant d'orgueil n'empêche pas l'humilité : je ne suis rien si l'on ne me ressent pas, je n'existe pas sans le frisson des autres, le froid aussi a besoin de combustible, mon combustible est votre souffrance à tous, pour les siècles des siècles. »

J'endurais bravement le froid, non seulement pour partager le sort de ma bien-aimée, mais

aussi pour offrir mon hommage à l'artiste univer-
sel.

Je me relis avec stupéfaction : ainsi, celui qui
dans quelques heures va faire exploser un avion
chargé d'une centaine de passagers, quand il a
l'occasion d'écrire ses pensées ultimes, verse dans
le lyrisme le plus éperdu.

À quoi bon commettre un attentat si c'est
pour lamartiniser comme le premier venu ? À
la réflexion, je me demande si je ne tiens pas là
une clé : ceux qui se lancent dans l'action
directe espèrent y trouver une virilité qui leur
manque. Le sort du kamikaze pérennisera le
malentendu. Des mères illettrées se rengorge-
ront : « Mon fils n'était pas une fillette, c'est lui
qui a détourné le Boeing de la Pan Am... »
Encore heureux que mes notes périssent avec
moi, c'est le genre de secret dont il vaut mieux
ne pas se vanter.

C'est évidemment Astrolabe que je cherche à
épater. Je sais déjà que ce ne sera pas le cas, je vais
au-devant de mon échec avec un courage stupide.
Parfois, il faut agir même en ayant l'assurance de
ne pas être compris.

Il est 10 h 45. Je me réjouis d'avoir le temps de
continuer ce récit dans lequel je me sens. Se sentir bien est une ambition absurdement exagérée
quand se sentir est déjà si rare. Écrire convoque

un important segment du corps : c'est une application physique de la pensée. Depuis quelques semaines, je sais que je vais provoquer un crash aérien, j'organise l'affaire. Ce qui est neuf, c'est que je l'écris. Eh bien, l'écrire, c'est beaucoup plus fort que de le concevoir dans sa seule tête.

Le mieux serait de l'écrire après. Hélas, on n'écrit pas d'outre-tombe. Tout le monde le regrette. Il n'y aura sûrement pas de survivant, donc personne ne pourra raconter comment je m'y suis pris. Du reste, c'est peu intéressant.

Ils sont énervants avec leurs consignes de sécurité à la noix. En vérité, quelles que soient leurs interdictions, il y aura toujours un moyen facile de détourner un avion. L'unique principe de précaution valable consisterait à supprimer l'aviation. Comment le terroriste de base pourrait-il ne pas rêver d'accéder, d'une manière ou d'une autre, à ces fabuleux engins volants ? Terroriste de train, de bus ou de dancing, c'est minable. Le terroriste aspire forcément au ciel – la plupart des kamikazes y aspirent doublement, anticipant leur séjour dans l'au-delà. Terroriste terrestre, cela a un côté marin d'eau douce.

Jamais terroriste n'a agi sans idéal – idéal atroce, idéal tout de même. Que ces nuées soient des prétextes n'y change rien : sans le prétexte, il n'y aurait pas de passage à l'acte. Le terroriste a besoin de cette légitimité illusoire, particulièrement s'il est kamikaze.

Cet idéal, qu'il soit religieux, nationaliste ou autre, prend toujours la forme d'un mot. Koestler dit avec raison que ce qui a le plus tué sur terre, c'est le langage.

Celui qui attend une lettre de la personne aimée sait ce pouvoir de vie ou de mort des mots. Mon cas s'aggravait puisque Astrolabe tardait à m'écrire : mon existence était suspendue à du langage qui n'existait pas encore, à la probabilité d'un langage. La physique quantique appliquée à l'épistolaire. Quand j'entendais le pas de la concierge dans l'escalier, à l'heure où elle distribuait le courrier qu'elle glissait sous les portes, je connaissais la transe du mystique à l'épreuve divine. Lorsque j'identifiais l'enveloppe comme facture ou publicité, je connaissais le déni, le refus brutal de Dieu que j'accablais soudain de non-existence.

Si je n'avais pas habité un immeuble populaire, je n'aurais pas vécu cette expérience théologique liée au bruit des pas de la concierge apportant le courrier. Ceux qui doivent descendre jusqu'à la boîte aux lettres ne connaissent pas ce privilège. Je ne doute pas que leur cœur bat fort quand ils ouvrent leur boîte. Mais entendre son destin marcher dans l'escalier produit une émotion inégalable.

Fin janvier se produisit le miracle : une enveloppe manuscrite se faufila sous la porte. Mes mains tremblèrent si fort que je me blessai avec le coupe-papier. À la première lecture, il me fut impossible de respirer et, au terme de cette découverte, je fus tenté de prolonger l'apnée. Non que le contenu m'en déplût : la moitié des phrases avaient de quoi me faire mourir de joie quand l'autre moitié me décapitaient.

Je connais par cœur le texte de la missive. Le reproduire ici m'ébranlerait trop. Astrolabe disait qu'elle ne pouvait se laisser aller au trouble que je lui inspirais : s'occuper d'Aliénor était un sacerdoce qui ne lui permettait pas de vivre une histoire d'amour. Abandonner l'écrivain reviendrait à la tuer.

Je lui inspirais un trouble : c'était inespéré. Et pourtant ce message était pire qu'une fin de non-recevoir. Je touchais du doigt mon idéal et une handicapée mentale me l'arrachait. Le motif était noble et incontestable ; cependant, je refusai de le comprendre. Je voulus étrangler la neuneu une bonne fois pour toutes. Ainsi, il fallait se sacrifier pour ce rebut de l'humanité ! Avait-elle seulement conscience de son bonheur de vivre avec cet ange ? Quand une casserole de purée suffisait à la contenter !

Je répondis sur-le-champ. J'eus la sagesse de

taire les propos haineux que je voulais adresser à la demeurée – si j'en avais exprimé le quart de la moitié, Astrolabe m'eût aussitôt rayé de la liste de ses relations. J'écrivis que l'amour appelait l'amour : elle n'avait pas à choisir entre celui qu'elle offrait à Aliénor et celui que je lui offrais. Nous pourrions vivre à trois. Je l'aiderais à veiller sur l'écrivain, la déchargerais d'une partie de son travail.

En rédigeant fiévreusement ces phrases, j'essayais de me convaincre que tel était mon désir. Mon absence de sincérité à mon propre égard crevait les yeux : partager la dame de mes pensées avec la neuneu me tentait aussi peu que possible. J'imaginais des scènes grotesques : mon intimité avec Astrolabe interrompue par une crise de Dieu sait quoi de la dingue, un dîner aux chandelles avec pour tierce personne Aliénor bouffant les petits plats sans nous laisser le temps d'y goûter, les crottes de nez de la romancière étalées sur mes chemises, Astrolabe trop fatiguée pour laver son amie et me priant de la remplacer, la folle nue dans la baignoire avec des canards en plastique – non, ma grandeur d'âme n'irait pas jusque-là. J'étais comme tout le monde : j'avais peur des anormaux. Je me sentais incapable de dépasser cette terreur primitive.

Cette fois, la lettre d'Astrolabe ne tarda pas. Elle expliquait ce que je feignais d'ignorer : combien mon projet était impensable. La cohabitation avec une personne comme Aliénor supposait des devoirs et des épreuves dont je n'avais pas idée. Loin de l'aider, la présence d'un tiers serait une difficulté supplémentaire.

Cette phrase me poignarda : le tiers, ce serait moi. Comment avais-je pu supposer autre chose ? Le lien qui existait entre ces deux femmes l'emporterait toujours. D'emblée, j'éprouvai vis-à-vis de la demeurée une jalousie meurtrière. Oui, j'aurais voulu être elle. Ce n'était pas elle qui souffrait de son handicap, c'était moi. D'ailleurs, qu'est-ce qui m'empêchait de l'imiter ? Moi aussi, je pouvais jouer le rôle du débile, je n'en étais pas si loin, comme tout amoureux éperdu. S'il fallait cela pour plaire à Astrolabe !

Dans un état de fureur avancée, je lui écrivis une épître absconse – a posteriori, je me félicite que son sens n'eût pas été clair. Elle n'avait pas le droit de se priver ainsi. Certes, je n'étais pas assez prétentieux pour croire que passer à côté de mon amour gâcherait son existence. Mais elle ne pouvait nier les impératifs, sinon du corps, au moins de l'âme et du cœur : depuis combien de temps n'avait-elle plus reçu ces mots de trouble absolu sans lesquels personne ne veut vivre ? Je me plierais à ses conditions. Quel qu'il fût, j'accepterais le cadre qu'elle proposerait à nos rencontres. Je trouverais forcément un moyen de la rendre heureuse, et son bonheur rejaillirait sur Aliénor (ce dont je me contrefoutais, détail que j'omis). J'avais compris que nous n'habiterions pas ensemble ; pour autant, nous pouvions nous voir.

J'allai glisser le pli dans sa boîte afin qu'elle le reçoive plus vite. En chemin, je me demandai comment je pouvais ne pas douter que cette fille, au sujet de laquelle je ne savais presque rien, était la femme de ma vie. Je n'avais jamais considéré quiconque comme telle. Je l'aimais au-delà de ce que je lui disais.

Ensuite, je me cloîtrai chez moi dans l'espoir qu'elle me réponde par la même voie. J'écoutais en boucle *La Jeune Fille et la Mort* de Schubert pour être sûr de souffrir encore plus fort. Et regrettais de ne pas fumer : se consumer les poumons en même temps que le reste rend la douleur plus cohérente. Hélas, chaque fois que j'essayais de griller une cigarette, je trouvais ça aussi difficile que piloter un avion.

Ce que je viens d'écrire est idiot : piloter un avion est beaucoup plus facile que fumer. Déjà, c'est moins interdit. Nulle part il n'est inscrit : « Ne pas piloter d'avion. » Quand on rencontre quelqu'un, si on précise qu'on est fumeur, l'autre fronce les sourcils ; si on avance qu'on est pilote de ligne, l'autre vous regarde avec considération.

Tout à l'heure, j'aurai l'occasion de prouver à la face du monde qu'un philologue non fumeur qui travaille dans le social à EDF est capable, sans l'aide du personnel de vol, de conduire un

Boeing sur un objectif précis. Mais n'anticipons pas. Je préfère reproduire le billet que je reçus :

Zoïle,
Nous nous verrons donc dans l'appartement d'Aliénor, en présence de celle-ci.

Astrolabe.

Ce mot pourtant aussi glacial que le lieu où j'aurais le droit de la voir me remplit de joie. « En présence de celle-ci » : comme Astrolabe ne me proposait évidemment pas un plan à trois, cela signifiait que pour ce qui était de la bagatelle, je n'aurais jamais aucun espoir. J'avais beau m'y attendre, ce n'était pas une bonne nouvelle. Mais je la verrais. Je verrais la dame de mes pensées. Elle m'y autorisait. N'y avait-il pas de quoi être le plus heureux des hommes ? J'accourus pour voir ce que recouvrait le verbe « voir ».

Je vis. « Voir » signifiait être vu. Le premier baiser, dont je m'étais fait une idée céleste, cessa de me séduire dès l'instant où je m'aperçus qu'Aliénor nous regardait. Elle ne voyait pas pourquoi elle ne nous aurait pas mangés des yeux.

Je demandai à Astrolabe si c'était toujours ainsi quand elle avait un galant. Elle me répondit que j'étais son premier amoureux depuis qu'elle veillait sur l'écrivain. Le regard de la neuneu coupa court à la fierté que m'inspira cet aveu.

– Elle ne pourrait pas regarder ailleurs ? interrogeai-je.

– C'est à elle qu'il convient de s'adresser.

Je respirai un grand coup et parlai à la romancière le plus doucement possible :

– Aliénor, imaginez que ce soit vous. Cela vous dérangerait, non, d'être observée en un pareil moment ?

J'eus l'impression d'avoir choisi la formulation la plus étrange qui soit. Le visage de la créature exprima un étonnement profond comme un puits.

– Aliénor n'a jamais eu d'amoureux, dit Astrolabe.

– Mais vous pourriez en avoir un, non ?

Ma bien-aimée se racla la gorge. Clairement, mon attitude était déplacée. Je recommençai pourtant à l'embrasser, plus pour me donner une contenance que par vrai désir. L'écrivain se leva alors pour venir nous observer de plus près. Je vis ses gros yeux posés sur moi et interrompis toute activité galante.

– Je ne peux pas, dis-je. Je ne peux pas.

– Le regard d'Aliénor est pur, protesta Astrolabe.

– Je veux bien le croire. Cela n'y change rien. Je regrette.

– Dommage, dit la jeune femme. J'aimais bien.

– Le regard d'un tiers ne te gêne pas ?

– Vous me tutoyez ! s'émerveilla-t-elle.

– Oui. Et tu vas t'y mettre aussi, n'est-ce pas ?

– D'accord. Et il faudra aussi tutoyer Aliénor.

Je fronçai les sourcils. N'y avait-il pas une confusion d'identité entre ces deux filles ? Cela eût expliqué pourquoi le voyeurisme de la neuneu ne perturbait pas ma bien-aimée.

Je tentai alors d'autres approches pour amadouer celle qui m'empêchait de vivre une relation que je n'avais jamais osé espérer.

– J'ai lu tous tes livres. Ils sont raffinés et prouvent que tu es supérieurement intelligente. Pourquoi te conduis-tu comme ça quand je suis avec Astrolabe ?

Stupéfaction de la romancière. Silence.

– Aliénor ne comprend les choses qu'au moment où elle les écrit.

– Très bien. Ne pourrais-tu pas écrire quand je suis avec Astrolabe ?

Silence. Elle attendait toujours que ma bien-aimée réponde à sa place.

– Aliénor n'écrit pas. Elle me dicte.

On n'était pas sortis de l'auberge.

J'aurais eu besoin d'une longue conversation avec la dame de mes pensées pour qu'elle m'explique sa conception de notre liaison. Mais la présence perpétuelle de sa curieuse amie empêchait toute discussion intime. D'autre part, j'avais précisé que je me plierais à ses conditions ; je ne pouvais me dédire sans rompre. Et la rupture était ce que je redoutais le plus.

J'adoptai donc le seul comportement envisageable : j'appris à goûter le peu qu'elle me donnait. Chaque soir, après le travail, je regagnais l'appartement polaire et dînais avec les deux femmes ; je m'efforçais de ne pas remarquer la façon dont Aliénor mangeait les épinards et je faisais ma gazette à Astrolabe qui m'écoutait avec grâce, ensuite je la rejoignais sur le canapé où nos enlacements étaient absorbés par les yeux en forme de loupe de la neuneu. Comme un fiancé du passé, je prenais congé vers 23 heures et rentrais chez moi en métro, désolé, frustré et transi.

Le week-end, je débarquais le matin. J'assistais aux séances de dictée qui m'apprirent à admirer l'écrivain et qui accrurent mon estime pour son acolyte dévouée. Aliénor parlait comme l'inspirée de Delphes et déversait cette prose pythique tour à tour lentement et convulsivement. Je ne saisissais pas un mot de ce qui sortait de sa bouche, incapable de comprendre en quelle langue elle s'exprimait. Au début, je crus qu'Astrolabe traduisait en simultané ; elle m'assura que non : elle prenait note, à la lettre, des envolées de la romancière. Je louangeai l'excellence de son audition.

– Question d'habitude, dit-elle.

– Je voudrais que les Américains voient votre tandem. Ils se moquent de la conception que nous autres Européens avons de la création littéraire : ils disent que les matérialistes que nous sommes deviennent irrationnellement théologiques quand

il s'agit d'inspiration. C'est pourquoi ils sou-
tiennent, contrairement à nous, que l'écriture
s'enseigne.

– L'écriture ne s'enseigne pas, elle s'apprend.
Aliénor n'a pas trouvé d'emblée son art. Elle a
longuement travaillé son instrument, en lisant
plus encore qu'elle n'écrivait.

La neuneu lisait beaucoup, mais hélas, jamais
en notre présence : elle ne cachait pas qu'elle nous
trouvait autrement intéressants que ce qui habi-
tuellement la nourrissait. En vérité, elle ne nous
observait pas : elle nous lisait.

La dame de mes pensées préparait des listes de courses que j'allais faire pour elle. Rarissimement, quand il lui semblait avoir inscrit un trop grand nombre d'articles, elle m'accompagnait. Je vivais alors des moments étourdissants : le supermarché me semblait ce boudoir idyllique où des gens d'une délicatesse exquise ne nous zieutaient pas quand j'embrassais ma bien-aimée. Je prolongeais autant que possible nos tête-à-tête au rayon primeurs, mais venait toujours le moment où Astrolabe m'interrompait en disant :

– Aliénor doit s'inquiéter.

Je me taisais alors : il y aurait eu trop à dire. Je m'estimais heureux néanmoins, car tout valait mieux que d'être sans cette femme.

Le soir, quelle qu'ait été la qualité du temps que nous avions passé ensemble, il ne m'arrivait jamais de ne pas souffrir de la quitter. Même la bonne chaleur enveloppante du métro ne me consolait pas. Je préférais geler avec Astrolabe.

L'hiver en profita pour redoubler et s'installer. J'eus beau alléguer ma présence, la jeune femme demeura intraitable sur la question du chauffage, qu'elle n'allumait pas par souci d'économie, sans pour autant m'autoriser à payer la facture.

– J'aurais l'impression que tu m'aimes par charité.

– Ce n'est pas à toi que je pense, mais à moi. Je meurs de froid.

– Allons. Quand tu me prends dans tes bras, tu brûles.

– Tout est relatif : je suis seulement moins glacial que toi.

Astrolabe portait continuellement trois parkas et des accumulations de pantalons, redoutables armures de chasteté sous lesquelles son corps demeurait une énigme. Je ne connaissais que ses mains menues et son fin visage ; quand je l'embrassais, son nez était si gelé que cela me faisait mal aux lèvres.

Je redoutais l'instant de la séparation. Lorsque la porte se refermait sur ma nuit, je passais d'un monde à l'autre. Je traversais alors un cercle de feu. Les pensées que je nourrissais en son absence étaient abominables. Je lui en voulais à mort de cette consigne qu'elle avait imposée : je me savais injuste, puisque j'avais déclaré que j'accepterais tout. La haine demeurait qui débordait sa cause : les deux jeunes femmes occupaient un volume trop réduit pour être l'objet de tant de rancœur.

Mon exécration ne tarda pas à devenir ce qu'elle est aujourd'hui : un rejet pur et simple de l'espèce, moi compris. C'est aussi pour cela qu'un suicide ne me suffit pas : il me faut inclure dans ma destruction un bon nombre d'humains ainsi que l'une des réalisations qui font l'orgueil de cette race.

Ma logique est celle-ci : Astrolabe est de très loin ce que j'ai rencontré de mieux sur cette planète. Elle n'a pas des qualités, elle est la qualité. Et cela ne l'a pas empêchée de me traiter avec une cruauté castratrice. Donc, si même le fleuron de l'humanité ne vaut pas mieux que cela, liquidons l'affaire.

De toute façon, ce sera peu de chose comparé à l'Apocalypse dont j'aurais besoin : je n'anéantirai jamais qu'une œuvre architecturale et une centaine d'individus. Pour un débutant seul, il ne faut pas espérer davantage. Puisse mon coup d'essai être un coup de maître !

Voilà que j'anticipe à nouveau.

Comme Aliénor venait d'annoncer haut et fort qu'elle allait s'isoler pour sa « grande opération », je sautai sur l'occasion pour dire enfin à ma bien-aimée ce que j'avais sur le cœur :

– Quand elle dort, elle n'a pas besoin de toi. Tu pourrais me rejoindre.

– Nous en avons déjà parlé.

– Je sais. Mais entre-temps le désir est devenu intolérable, non ?

– Il fallait t'y attendre. Je t'avais averti.

– Si tu me désirais comme je te désire, tu ne pourrais pas me parler ainsi.

Elle soupira. En de tels instants, je la haïssais en proportion de mon amour.

– Dis quelque chose ! protestai-je.

– Je me répéterai donc : nous serons toujours en présence d'Aliénor.

– Très bien. Rejoignons-la aux chiottes.

– Ne sois pas vulgaire, Zoïle.

– J'essaie simplement de te montrer l'absurdité de ta règle.

– *Dura lex sed lex.*

– Rien ne t'empêche de changer cette loi.

– J'ai juré à Aliénor que je ne la laisserais jamais seule.

– Mille contre un qu'elle a oublié ton serment.

– Moi, je ne l'ai pas oublié.

À cet instant, je voulus tellement la tuer que je ne sus plus à quel saint me vouer. C'est alors que j'eus cette idée qui, momentanément du moins, me sauva :

– La règle est valable pour toi aussi. Si je propose une activité à trois, l'accepteras-tu ?

– Une activité sexuelle à trois ? s'inquiéta-t-elle.

– Mais non.

– En ce cas j'accepte, bien sûr.

Je jubilai. Elle allait voir ce qu'elle allait voir.

– Samedi prochain, j'arriverai en fin de matinée. Ne prenez pas un petit déjeuner trop consistant.

– Ton activité consiste à manger ?

Je réfléchis une seconde.

– On peut dire ça comme ça.

– C'est merveilleux ! Aliénor et moi, nous sommes très gourmandes.

– Je ne peux pas te promettre que ce sera très bon.

La romancière revint des toilettes avec un air de contentement intense. Astrolabe lui annonça que le samedi suivant, je leur préparerais leur déjeuner. L'anormale battit des mains. Je commençais à avoir le trac.

– Quoi que j'apporte, vous le mangerez, n'est-ce pas ?

– Naturellement, protesta Astrolabe. Nous crois-tu si mal élevées ?

Le jour J, j'arrivai avec de vastes sacs pleins à ras bord, afin de ne pas décevoir les deux jeunes femmes. En vérité, j'avais bourré ces bagages avec n'importe quoi pour étayer la version du repas. Mon offrande tenait en trois piluliers et un disque compact : une poche eût suffi.

Je mis la compilation dans la chaîne.

– Tu as même prévu la musique du repas ! Comme c'est raffiné.

Les piluliers des filles recelaient chacun un gramme de psilocybes guatémaltèques. Le mien avait été doublement dosé : pour un vieil habitué, il faut ce qu'il faut.

– Qu'est-ce que c'est ? interrogea Astrolabe en recevant sa petite boîte.

– Un apéritif, répondis-je, alors que ce serait la totalité du repas.

Elles ouvrirent les piluliers et l'écrivain poussa un cri d'extase ; l'espace d'une seconde, je me demandai s'il était possible qu'elle sût de quoi il s'agissait.

– Tu as raison, Aliénor, commenta Astrolabe

avec enthousiasme. C'est si joli, ces girolles séchées. Peut-on les manger ainsi ?

– C'est recommandé.

Débuta le moment difficile, surtout pour moi qui pratiquais : bizarrement, un goût infect passe plus mal quand on le connaît. Il me fallut un courage non négligeable pour mâcher ma dose. Astrolabe eut une remarque d'une politesse admirable :

– Quelle saveur singulière !

Quant à la romancière, elle rugit carrément de délectation. Je songeai que c'était la première fois que je donnais des champignons hallucinogènes à une demeurée et que cela risquait de me déconcerter. Je servis trois verres d'eau et invitai à les boire. Elles s'exécutèrent et moi aussi, soulagé de rincer ma bouche de cette abjection. C'est curieux : tous les champignons sont bons à manger, même les mortels. Pourquoi les psilocybes, qui sont de très loin les plus bienfaisants, sont-ils les seuls à être mauvais ? Peut-être la nature prévient-elle ainsi celui qui va consommer : attention, vous allez vivre quelque chose de spécial.

– Pourquoi le verre d'eau ? dit Astrolabe.

– Pour que le principe agisse, répondis-je.

Elle dut croire à un précepte diététique et ne s'inquiéta pas.

J'allumai la chaîne. La musique retentit. Je savais que j'en avais pour une grosse demi-heure avant le commencement des symptômes. Mon opération était aussi minutée que le cambriolage d'une banque. Sur le plancher, je déroulai des plaids.

– Tu prépares une orgie romaine ? Nous allons manger couchés ? demanda la dame de mes pensées.

Je répondis une banalité ; la vérité est que bien des gens ne tiennent pas debout quand ils tripent. Il valait mieux aménager le sol.

– Quelle est cette musique ? demanda-t-elle encore.

– Aphex Twin.

– C'est étrange, non ?

– Bientôt, tu ne trouveras plus ça bizarre.

– Tu veux dire que les mets seront tellement surprenants qu'en comparaison, ces sonorités passeront ?

– Le repas est fini. Je n'ai rien prévu d'autre.

Silence.

– Zoïle, je crains que tu te sois exagéré la petitesse de mon appétit.

– Nous avons tous les trois avalé des champignons hallucinogènes. Nous décollerons dans une vingtaine de minutes.

Je m'attendais à une engueulade méritée : on n'administre pas de psilocybes à quelqu'un sans le prévenir. Si j'avais commis cette action impardonnable, c'était parce que j'étais persuadé qu'Astrolabe eût refusé si elle avait su. Et à défaut de faire l'amour, je voulais partager avec elle une expérience unique.

– Aliénor, tu te rends compte ? se réjouit ma bien-aimée. Nous allons avoir des hallucinations !

J'expliquai que le début serait désagréable, mais qu'à condition de ne pas s'inquiéter, le voyage serait sublime.

– Où te procures-tu ces champignons ?

– On ne donne pas son *dealer*.

– Tu es un bon client ?

– J'ai l'habitude, si tu veux savoir.

J'enviais la virginité des deux filles. Elles n'avaient aucune idée de ce qu'elles allaient connaître. Pour ma part, j'avais tant d'expériences de voyages bons ou mauvais que se mêlait à mon impatience une part de résignation.

Je profitai de mes derniers instants de plancher des vaches pour me lancer dans une diatribe contre le changement de la loi hollandaise en la matière. J'étais au sommet de l'indignation quand je vis Astrolabe changer de figure et murmurer :

– Oh ! la la !

Je lui saisis aussitôt la main pour l'escorter.

– Tout va bien. Quand un avion décolle, les passagers ont souvent des vertiges. Là, c'est pareil, sauf que tu es dans une fusée : le malaise dure un rien plus longtemps. Bientôt, tu arriveras dans l'univers, tu verras la Terre de très loin.

Aliénor gémit à son tour. Astrolabe lui attrapa la main et la rassura à sa manière. Nous formions une chaîne.

Quand vint l'envie de vomir, je me mis à avaler ma salive comme un forcené, avec l'efficacité coutumière : la nausée n'est rien d'autre que le signal de la réussite. Les rarissimes malheureux que la psilocybine laisse de marbre n'éprouvent pas ces sensations liminaires. J'expliquai à mes amies le transitoire de cette sensation détestable, formidable laissez-passer vers des contrées sublimes.

– Tu y es ? Raconte, dis-je à Astrolabe.

– Le mur, s'extasia-t-elle.

Elle désignait ainsi la paroi blanchâtre qui séparait son appartement du voisin et dont la vétusté laissait redouter l'effondrement. Je n'étais pas encore assez haut pour voir ce qu'elle voyait, mais je pouvais deviner : on n'imagine pas les trésors que recèle une surface blanche pour qui a ouvert les portes de la perception.

Aliénor s'allongea sur un plaid.

– Ça va ? lui demandai-je.

Elle acquiesça d'un air illuminé et ferma les yeux. Il y a deux écoles : le voyage extérieur et le voyage intérieur. L'écrivain appartenait clairement à la seconde catégorie. Cela m'arrangeait bien, elle garderait les paupières closes, je ne subirais pas trop sa présence.

Astrolabe, au contraire, ouvrait des yeux comme des soucoupes. L'hallucination rend la lassitude impossible et je sus que si je n'intervenais pas, elle admirerait le mur d'en face pendant huit heures. Je la poussai à regarder autre chose, en l'occurrence un coussin bleu Nattier que je posai sur ses genoux. Ce fut à cet instant que mes propres portes s'ouvrirent et je m'abîmai en cette contemplation comme j'aurais voulu plonger en ma bien-aimée. J'entrepris de la guider pour m'assurer sa connivence :

— As-tu déjà vu quelque chose d'aussi fou que cette couleur ? Enfonce-toi en elle, sens comme elle existe. Remplis-toi de ce bleu Nattier.

— Nattier ?

— C'est un peintre français du XVIIIe siècle. Il a créé cette couleur. Imagine ce que c'est d'inventer ça.

— C'est tellement beau, chuchota-t-elle.

— Pourquoi parles-tu à voix si basse ?

— Parce que c'est si beau que c'est forcément un secret.

Je ris : je comprenais ce qu'elle voulait dire.

Je l'accompagnai au cœur du bleu. La subtilité de la couleur nous irradia d'une joie torrentielle. Nous avions tous les deux le nez sur le coussin pour mieux nous laisser envahir par cette découverte.

— C'est comme si je n'avais jamais vu la pièce, dit Astrolabe. C'est comme si je n'avais jamais rien vu. Le bleu du coussin : c'est comme si je n'avais jamais vu une couleur.

– Tu as retrouvé ta vision des choses de quand tu avais un an, deux ans. Dans le métro, observe comment les bébés regardent autour d'eux : ils sont en plein trip, c'est évident.

– Dire que nous vivons au milieu d'une telle splendeur et que nous ne la voyons pas !

– Nous la voyons maintenant, c'est ce qui compte.

– Pourquoi cessons-nous de voir en grandissant ?

– Précisément parce que nous grandissons. Nous apprenons les dures lois de la survie qui nous forcent à nous focaliser sur ce qui est utile. Nos yeux désapprennent la beauté. Grâce aux champignons, nous retrouvons nos perceptions de petit enfant.

– Est-ce pour ça aussi que je suis si heureuse ?

– Oui. Imagine : nous sommes heureux comme des gosses de deux ans qui auraient une autonomie d'adulte.

– Je n'ai pas à l'imaginer, je le vis.

Je l'embrassai. Elle regarda mon visage et éclata de rire.

– Il y a des mots écrits partout sur ta peau, dit-elle en touchant mes joues.

– Lis donc.

– Je ne peux pas. Ce sont des caractères chinois. Tu ressembles au menu du Bouddha d'Or.

Je la contemplais me contemplant. Regarder Astrolabe m'a toujours rendu fou. La regarder du fond de mon trip aggravait mon insanité, d'autant qu'elle tripait aussi et que cela se voyait : ses pupilles emplissaient ses yeux, ses yeux emplissaient son visage, son visage emplissait la pièce.

– Alors, tu es mon amoureux, toi ? me demanda-t-elle avec étonnement.

– J'espère bien. Il y a un problème ?

– Non. Laisse-moi observer en quoi tu es fait.

Elle se mit à m'inspecter, allant jusqu'à retourner mes oreilles. Sa tête devenue énorme s'approchait régulièrement de la mienne, je voyais son œil immense entrer dans mes narines, j'avais l'impression de jouer au docteur avec une géante.

Elle souleva mon pull et m'écouta partout, collant son labyrinthe auriculaire sur mon dos, mon torse, mon ventre.

– J'entends des bruits incroyables, chuchota-t-elle avec exaltation.

– C'est le bruit du désir.

Intriguée, elle écouta encore.

– Ton désir fait un bruit de lave-vaisselle.

– Oui, il est multifonction.

Elle baissa mon pull, décrétant que la consultation était terminée. Je constatai que le trip n'avait pas diminué sa vigilance vis-à-vis de son règlement abominable et je lui en voulus.

Devant nous, Aliénor était devenue son propre gisant.

– Tu crois qu'elle va bien ?

– Oui. Regarde ses traits, comme ils sont apaisés. C'est elle qui tripe le mieux d'entre nous.

– Pourquoi garde-t-elle les yeux fermés ?

– Elle a raison. Essaie.

Ma bien-aimée baissa les paupières et poussa un cri.

– N'est-ce pas ? commentai-je.

– Il y a une exposition d'art contemporain dans ma tête.

– Oui. Plus besoin d'aller à Beaubourg.

Elle rouvrit les yeux, sidérée.

– Kandinsky, Miró, d'autres dont j'ai oublié le nom, ils en avaient tous pris ?

– Oui.

Nous commencions la conversation classique des voyageurs qui lasserait quiconque n'aurait pas pris la route.

– Rothko, il en avait pris ?

– Oui.

– Et Nicolas de Staël ?

– Bien sûr !

Chaque nouveau membre du club était salué d'une exaltation intense, comme un frère – ce genre de dialogue pouvait durer des heures. Je préférai interrompre cette litanie pour attirer l'attention d'Astrolabe sur le phénomène majeur :

– Et maintenant, je vais te montrer ce qu'il y a de plus beau dans cette chambre.

Je m'assis sur le sol, la priai de me rejoindre et désignai le plancher qui d'ordinaire ne valait pas un clou. Elle y colla les yeux.

Elle cria d'admiration. Je voulus m'assurer néanmoins que notre vision était la même :

– Vois-tu ce que je vois ?

– C'est de la glace. C'est un lac gelé, dit-elle.

– Mais oui.

– Il y a cette pellicule de glace parfaitement transparente et en dessous, il y a un monde englouti, d'une beauté mortelle.

– Raconte.

– Il y a, figées dans le gel, des fleurs jamais vues, des cariatides de pétales, le froid les a frappées comme la foudre, elles ne sont pas au courant de leur trépas, regarde, on dirait qu'elles tentent de percer la glace, il paraît que les cheveux des cadavres continuent de pousser, ces fleurs sont peut-être la chevelure d'une défunte, oui, je la vois, Zoïle, viens voir, la vois-tu ?

– Non.

– Si, regarde, entre les colonnes de marbre.

– C'est l'Artémision d'Éphèse !

– N'avait-il pas disparu, ce temple ?

– Oui ! Toi et moi, nous savons où il est : sous ton plancher !

– Et elle, tu la vois ?

– Non. Nous ne pouvons pas voir absolument la même chose. C'est déjà fabuleux que nous distinguions tous les deux le temple d'Artémis. Ce qui prouve qu'il est bel et bien là.

– Hélas, nous l'oublierons.

– Non. Nous n'oublierons rien de ce que nous aurons vécu lors de ce voyage.

– Nous ne verrons plus ce que nous voyons.

– C'est vrai. Mais nous nous souviendrons, et nous ne verrons plus les choses comme avant.

– Quelle est la mystérieuse correspondance entre Éphèse et un appartement misérable du quartier Montorgueil à Paris ? Sans parler du lien qui peut unir le Vᵉ siècle avant Jésus-Christ et notre époque ?

– Le lien, c'est notre esprit. Nous sommes pré-socratiquement destinés l'un à l'autre.

Elle rit et se replongea dans la contemplation de cet univers insoupçonnable.

Je restai seul. Ce que j'avais dit, c'était le fond de ma pensée. Un double présocratique, cela me paraissait bien plus fort qu'un double platonicien. Platon : il en avait pris, lui aussi. Le mythe de la caverne, cela ressemblait trop au récit d'un trip. Mais il en avait tiré des trucages que je désap-prouvais. Comment accepter la théorie amou-reuse d'un type qui sépare l'âme du corps, les hiérarchise, et qui d'ailleurs hiérarchise tout dans la société ? Avant Socrate, l'amour devait être autre chose.

J'observai mes deux voyageuses. L'une en position de prière musulmane admirait, yeux grands ouverts, le monde sous la glace. L'autre couchée sur le dos, paupières closes, explorait sa richesse intérieure.

Force était de reconnaître qu'Aliénor nous dépassait. Je n'avais jamais atteint une telle qualité de trip. J'avais administré aux deux jeunes femmes une dose récréative de psilocybes. Or l'écrivain réagissait comme si elle en avait avalé quatre fois plus : elle s'était élevée à ce que l'on appelle le stade psychédélique. Astrolabe vivait une sublime récréation, Aliénor créait une réalité inconnaissable.

Aphex Twin acheva une chanson et commença la suivante : *Zigomatic 17*, dont les sonorités court-circuitées esquissaient un électroencéphalogramme en forme de baobab phonique, et soudain je sus qui était Aliénor Malèze, et je prononçai ces paroles ailées, Aliénor, tu es un baobab, c'est pour ça que tu ne bouges pas, les premiers hommes d'Afrique ont essayé tous les arbres et chacun avait son utilité : tel brûlait bien, tel faisait de bons arcs et de bons outils, tel gagnait à être mâchouillé pendant des heures, tel poussait si vite qu'on déguisait un paysage en un an, tel, si on le râpait, parfumait la viande, tel lavait les cheveux, tel rendait sa virilité à celui qui l'avait perdue à la chasse, il n'y avait que le baobab qui décidément ne servait à rien, ce n'était pas faute d'avoir expérimenté son bois, que fait-on d'un arbre bon à rien, que fait-on par ailleurs de ce qui n'est bon à rien, arbre ou homme, on décrète qu'il est sacré, voilà son utilité, il sert à être sacré, pas touche au baobab, il est sacré, on a besoin de sacré, tu sais c'est ce truc auquel on ne comprend rien mais qui aide on ne sait pas à quoi, ça aide, si ton cœur est oppressé, va t'asseoir à l'ombre du baobab, prends exemple sur lui, sois grand et inutile, crée un réseau de branches sans autre idée que ta prolifération, aucun arbre d'Afrique n'est aussi immense que celui qui ne sert à rien, voilà, tu as compris, le grand est inutile, on a besoin de grandeur parce que c'est absolu, c'est une question de taille et non de structure, si le baobab rapetisse prodigieusement, il devient un brocoli, le brocoli peut être mangé, le baobab est le brocoli cosmique dont parlait Salvador Dalí, Aliénor, elle, c'est la version humaine du phénomène, ses dimensions sont à mi-chemin entre le baobab et le brocoli, c'est pour ça que ses écrits fascinent.

– Qu'est-ce que tu racontes ? dit Astrolabe.

C'était donc moi qui avais parlé, j'entendais une voix, je l'entends toujours, Astrolabe, entends-tu les battements de mon cœur, veux-tu entrer dans le bruit sourd qui pulse en moi, veux-tu m'enlacer de ton corps entier et me donner à entendre la musique de ta cathédrale ?

Je tends la main vers toi, la tienne est si froide que ça n'a pas de nom, j'essaie de te réchauffer, j'entoure ton corps recroquevillé de mes bras et de mes jambes, je souffle sur toi mon haleine tiède, comme un souffleur de verre, je crée autour de nous une bulle, te voici dans mon étreinte qui a pour anagramme éternité, tu as remarqué qu'il n'y a plus de temps, sous trip, une minute, une heure, un siècle sont synonymes pour de bon, enlace-moi de tes jambes et de tes bras comme je t'ai enlacée, nous sommes une bulle humaine, cette chanson s'appelle *Zigomatic 17*, elle dure depuis un millénaire, je vais te faire des choses intéressantes qui rétabliront ta chaleur, ne t'inquiète pas pour Aliénor, on peut faire l'amour en présence d'un baobab, cela ne dérange pas les brocolis géants, j'ai comme toi la chair de poule, de désir mais aussi de froid, j'ai l'habitude, le trip donne très froid, c'est pour nous rappeler le sens de la vie, dans l'univers ne sévirait que l'infinie loi du froid si n'avait explosé l'étincelle qui a engendré l'existence, le monde n'est strictement rien d'autre que ce conflit permanent entre le froid et le chaud, la mort et la vie, le gel et le feu, il ne faut jamais oublier que le froid a précédé le chaud, il est donc le plus fort, un jour il triomphera de nous, entre-temps il faut vivre et le combattre, tu es la neige que je vais faire fondre.

Je parviens à la déshabiller, incrédule, il est si facile de découvrir la beauté, il suffit de lui enlever ses vêtements, hélas, presque aussitôt m'est révélé le problème, Astrolabe est constituée de pierre, sans métaphore, il fallait me dire que tu étais une statue, elle se regarde, se touche, que m'est-il arrivé, d'habitude je n'ai pas ce corps, suis-je ainsi partout, oui, tu es de la pierre partout, elle rit, moi je ne trouve pas ça drôle, elle me demande si j'ai déjà fait l'amour sous champignons, non, mais j'ai des amis qui en ont été capables, ce doit être possible, elle me demande si c'est ça être stone, j'imagine que oui, il est terrible d'apprendre en de telles circonstances la réalité d'une expression, je la caresse dans l'espoir de lui rendre son corps de chair, Astrolabe n'en durcit que davantage, est-il pensable d'être dure à ce point, elle se donne des coups de poing sur le ventre, avec sidération, elle me dit qu'elle ne sent rien, sauf une douleur au poing, je suis une statue de glace, conclut-elle.

Désespéré, je la prends dans mes bras, combien de temps sa dureté durera-t-elle, c'est précisément le hic, Astrolabe, sous trip, le temps n'existe pas, si tu es stone dix minutes, c'est comme si tu l'étais dix heures, dix mois, nous sommes enfermés en une zone de non-temps, c'est formidable quand on est très heureux, et quand on souffre c'est l'enfer, il suffit de ne pas souffrir, mais comment ne pas souffrir quand on est au comble du désir et que l'autre est une pierre, elle rit, ton plan était foireux, mon pauvre Zoïle.

Son rire me consterne, je comprends qu'elle n'a pas de peine, peut-être même y trouve-t-elle son compte, je suis seul dans ma frustration, si elle m'aime, elle m'aime comme aiment les statues de glace, je contemple sa beauté inaccessible, si la mort a raison de nous, si nous lui cédons, c'est parce qu'elle est belle et qu'il est impossible de lui faire l'amour.

La chanson *Zigomatic 17* s'achève. Ma stupide tragédie a, par conséquent, duré huit minutes. La musique est le sablier du trip. J'ai tout raté en huit minutes qui m'ont laissé l'impression d'un an.

Astrolabe se rhabille et me conseille de l'imiter. Je remets mon armure de chagrin. Elle me dit que ce n'est pas grave, que nous partageons quelque chose. Il y a des tentatives de consolation qui décuplent la douleur. Je me tais.

En vérité, l'heure du partage est passée. Astrolabe se blottit dans le canapé et se plonge dans la contemplation d'un emballage ménager qui semble produire sur elle un effet canon.

Aliénor, qui n'a pas bougé d'un cheveu, doit être en communication avec le Grand Esprit.

Je nous regarde. Nous sommes trois Occidentaux, chacun tripe de son côté. Ne communie pas qui veut.

Tout à l'heure, sous le plancher, Astrolabe et moi avions aperçu l'Artémision d'Éphèse pris dans l'eau gelée. Notre vision était identique à un détail près : ma bien-aimée distinguait une femme sous la glace. C'était elle-même.

S'ensuivirent des pensées d'une intensité extraordinaire. J'ai connu assez de *bad trips* pour me méfier de cette expression. Si nous n'étions pas devenus une telle tribu de chochottes, nous voudrions tous vivre ces voyages au bout de l'enfer. Pourquoi appeler mauvais cet aller-retour pour la géhenne ? La simple idée qu'on en revienne devrait tempérer cet adjectif. Et puis, je le proclame, l'expérience infernale vaut le détour.

Ce que l'on nomme *bad trip* consiste à voir clair. Mon premier bad trip, c'était dans le métro. Soudain, j'ai vu la laideur qui m'entourait. Or je ne l'avais pas inventée, elle était là auparavant. Mais je m'en étais protégé par ce filtre du je-m'en-fichisme ordinaire. La hideur du monde trouvait son sommet, je m'en souviens, dans la cravate du type assis en face de moi. Ce n'était pas une vision : cette cravate aurait eu de quoi épouvanter l'humanité entière si elle y avait accordé un peu d'attention. Je me rappelle avoir dû m'empêcher d'ordonner au gars d'enlever sa cravate pour la balancer par la fenêtre de la rame. « Croyez-moi, c'est pour votre bien », lui aurais-je dit. C'eût été aussi pour le mien. Le motif infect de cette cravate m'oppressait, me torturait, me faisait apparaître l'Apocalypse comme une juste cause, pourvu qu'elle emporte ce bout de tissu dans son néant.

N'avais-je pas raison ? Comment avons-nous pu nous aveugler au point de trouver la laideur supportable ? « Voyons, chacun ses goûts ! Et si cet homme était content de sa cravate ? » Voilà ce qu'on pense quand on est sans champignons. Sous trip, on explose ce genre de boniment. Porter une telle cravate, c'est une insulte, un attentat, un acte de mépris, ce comportement respire la haine, voilà, ce type me hait, il hait le genre humain.

Le bad trip est cet exercice de lucidité qui nous révèle l'enfer contenu dans la cravate de l'usager du métro. Depuis le temps qu'on nous assure que l'enfer est sur terre, que l'enfer, c'est les autres ! Enfin une confirmation fiable. L'enfer, ce n'est même pas l'autre entier : sa cravate suffit.

En vérité, il n'y a aucune différence entre le bad trip et le trip : il s'agit d'y voir clair. Pleurer de bonheur face au bleu Nattier du coussin est une attitude aussi fondée que souffrir le martyre devant une cravate atroce.

Si l'horreur d'un accessoire masculin m'avait à ce point crucifié, on peut imaginer l'absolu de ma douleur suite à mon échec sexuel avec Astrolabe.

J'en voulais à tout : à moi, à Aliénor, aux psilocybes guatémaltèques, à l'absence de psilocybes guatémaltèques, à EDF, au corps stone de ma bien-aimée, *last but not least*, à son rire. « Ton plan était foireux, mon pauvre Zoïle. » Même si ce n'était pas sa faute, j'en voulais à mort à Astrolabe. Oui, mon plan était foireux. N'y avait-il pas de quoi maudire le sort ? Et elle, elle riait.

C'est à ce moment-là que mon dessein a pris tournure : Astrolabe était ce que l'univers avait créé de plus élevé ; si même cette élite pouvait se conduire ainsi, je détruirais le monde. Puisque je n'avais pas les moyens, hélas, d'atomiser la planète, je choisirais un objectif à la démesure de mon dégoût.

Depuis le 11 septembre 2001, plus personne n'a de doute quant au meilleur moyen de nuire efficacement à l'humanité. Est-il à ce point indispensable que chaque jour tant de gens volent de telle ville à telle ville ? Ne s'agit-il pas plutôt de provoquer le détraqué qui bouillonne en nous ? Ces avions qui nous narguent sans cesse au-dessus de nos têtes, comment ne rêverions-nous pas de les détourner vers un édifice dont l'anéantissement nous exalterait ?

Il ne me restait plus qu'à le déterminer. Quand on tripe, les complications de la réalité s'évacuent comme rien : je ne me posais pas une question sur mon inexpérience en matière de pilotage. Cela se régla en une phrase : je n'étais pas plus bête que ceux du 11 septembre 2001. Et pour la cible, je me montrerais autrement ambitieux.

Il faudrait qu'Astrolabe se sente visée. Non, je ne fracasserais pas un Boeing sur le petit immeuble du quartier Montorgueil. Pourquoi pas un nid d'oiseau, à ce compte-là ?

Je suis parisien. À l'étranger, c'est-à-dire au-delà du périphérique, j'ai vu des bâtiments magnifiques. Mais ils n'appartiennent pas à mon imaginaire. C'est pourquoi j'éliminai le Taj Mahal qui eût été parfait en tant que symbole de l'amour.

Puisqu'il me fallait un objectif parisien, je songeai à faire œuvre de bon goût en nettoyant la ville de ses verrues : je pensais moins à la tour Montparnasse qu'à l'une de ces vraies abjections que sont le Sheraton Montparnasse ou, comble de l'absurde, la tour de Jussieu, récemment désamiantée, quand il eût été si simple et économique de l'escamoter.

Scrupuleux, j'avais le souci des dégâts collatéraux : dans le cas du Sheraton, je risquais d'atteindre le cimetière Montparnasse, et comme tous les assassins, je respecte plus les morts que les vivants ; et comment pulvériser la tour de Jussieu sans démolir le Jardin des Plantes si cher à mon cœur ?

Et puis, il ne fallait pas se laisser rattraper par cette tentation du bien. Il s'agissait de nuire et non de séduire l'opinion publique. D'autre part, si je voulais que mon acte soit en rapport avec Astrolabe, il me fallait détruire de la beauté.

D'ailleurs, détruit-on autre chose ? Il n'est pas d'exemple humain d'attentat contre la laideur. Elle ne passionne pas assez pour justifier tant d'effort. L'extrêmement moche ne suscite qu'une indignation stérile. Seul le sublime monopolise l'ardeur nécessaire à sa dégradation. Le moine de Mishima incendia le Pavillon d'or, et non l'une des nouveautés qui défiguraient déjà Kyoto. C'est l'application architecturale du « Chacun tue ce qu'il aime » de Wilde.

Le beau ne manque pas à Paris. J'éliminai le Louvre, trop grand. Comment choisir, en outre, entre la section des peintres flamands et celle de la sculpture grecque ? Bien des idées me passèrent par la tête : les jardins du Palais-Royal, l'Observatoire, la tour Saint-Jacques, Notre-Dame, mais il me semblait toujours que cela n'avait pas de sens. Il me fallait un monument qui, d'une manière ou d'une autre, renvoie à Astrolabe.

Et si je lui posais la question ?

– Y a-t-il une construction parisienne à laquelle tu t'identifies ?

Astrolabe me regarda et réfléchit. Elle tripait assez pour ne pas trouver saugrenue une telle interrogation. Ses pupilles archidilatées lui débordaient l'œil, qu'elle avait suave.

– Bien sûr. Tu ne devines pas ?

– Je ne sais pas. Les catacombes ?

Elle éclata de rire.

– Quel est le bâtiment parisien dans lequel l'alphabet a joué le plus grand rôle ? demanda-t-elle.

– Aucune idée.

– Pense à la lettre A.

Penser à une lettre quand on voyage, c'est s'attaquer à un empire. Surtout si c'est le A, la moins innocente des lettres. Une hallucination en forme de voyelle noire m'emplit la tête d'un son immense ; la tonalité du téléphone s'allongeait en un AAAA éternel, des forêts de A marchaient au pas de charge sur leurs deux jambes, brandissant des poignards exotiques en forme de A. Certains kriss de Malaisie sont des A : armes de prestige dont on ne se sert pas pour tuer n'importe qui. Le commun des humains est zigouillé d'une bête strangulation ; seuls les princes méritent l'assassinat au kriss en forme de A pointu.

J'ignore combien de temps je fus accaparé par la célèbre voyelle. Astrolabe dut se lasser, qui reprit la parole :

– Ce n'est pas une colle. La lettre A a inspiré le bâtiment parisien le plus connu.

– L'Arc de triomphe ?

– Voyons ! La tour Eiffel. C'est un A.

J'ouvris des yeux ronds, comme si je découvrais le monde.

– Je suis sidérée par le nombre de Parisiens qui ignorent l'origine de l'emblème architectural de leur ville, dit-elle. Gustave Eiffel était fou amoureux d'une femme qui s'appelait Amélie. D'où son obsession pour la lettre A, qui domine Paris depuis plus d'un siècle.

– C'est vrai ?

– Mais oui. Si cette femme s'était appelée Olga, le symbole parisien aurait une allure très différente.

Astrolabe se coucha sur le plancher à côté d'Aliénor et ferma les yeux. Les gisantes du trip disparurent ensemble dans leur dialogue avec le Grand Esprit.

Je restai seul, abasourdi par cette information. Moi qui redoutais que mon acte de destruction manque de sens, je sus, avec ivresse et terreur, combien mon haut fait allait signer l'alliance du symbolique et de la réalité.

Le projet m'apparut dans son évidence psyché-délique : j'allais tout simplement détourner un avion et percuter la tour Eiffel, pour abolir cette lettre A qui me renvoyait à Astrolabe et à Aliénor. Il y a des actions dans lesquelles on se reconnaît mieux que dans le plus pur des miroirs.

Certes, il y aurait quelques difficultés techniques à maîtriser. J'y penserais plus tard, cela ne m'intéressait guère. L'idée de démolir la tour Eiffel m'exaltait, qui alliait signification et beauté : quoi de plus beau que la tour Eiffel ? Je l'avais toujours adorée, sans même savoir qu'elle était une construction de l'amour. Connaître son histoire intime me la rendait plus chère encore. Quel type, ce Gustave Eiffel, intégrer l'amour de sa vie dans la plus énorme œuvre de commande de son existence !

Je ferais pareil en négatif : j'intégrerais l'amour de ma vie dans le plus grand acte de destruction de mon existence. Mon unique regret, c'est que je ne verrais pas, de l'extérieur, l'instant splendide où l'avion exploserait la dame de fer. Mais personne ne verrait ce que je verrais : la Tour d'abord petite, puis de plus en plus immense, se rapprocher de moi jusqu'à notre baiser, le plus violent de l'histoire des baisers, enfin un baiser de la mort qui mérite ce nom.

D'emblée, je sus que le plus ardu ne serait pas de dominer l'équipage ni d'apprendre les rudiments du pilotage. La seule gageure serait de tenir : de ne pas me réveiller le lendemain en pensant que mes résolutions de la veille étaient du délire halluciné. Pour parer à ce risque de l'atterrissage, je me formulai cette phrase clé : c'est le trip qui a raison. Il faudrait que je la répète sans trêve dès la fin des symptômes.

Ce qui m'y aiderait, c'est que je l'ai toujours pensé : on n'a jamais raison en dehors du trip. À jeun, quand notre état d'esprit peut être qualifié de normal, notre cerveau adulte produit de la platitude par bennes entières, on y chercherait en vain la beauté, l'honneur, l'étincelle de grandeur ou de génie qui enorgueillirait l'espèce. Même l'amour ne tire de l'âme rien d'autre que les bien nommées fulgurances : des courts-circuits de quelques secondes. L'ivresse, elle, n'est intéressante que pendant une dizaine de minutes. Le temps restant n'est qu'ineptes soûlographies.

Le trip dure huit heures. Un tel laps permet de créer, de réfléchir, d'œuvrer au sens absolu de chaque verbe. D'autant que ce tiers de jour n'est pas quantifiable selon les critères habituels et donne l'impression de s'étaler sur des périodes proustiennes. Le souvenir moyen d'une journée pèse un cheveu ; le souvenir du trip est un écheveau que l'on démêle une vie entière.

L'activité mentale ordinaire insulte à l'intelligence et ne mérite pas de s'appeler pensée. Le trip a raison qui nous désapprend le banal et nous restitue le choc originel de toute chose.

Il y avait un peu trop de femmes dont le prénom commençait par la lettre A dans mon histoire : Astrolabe, Aliénor, Artémis et son temple, l'Amélie d'Eiffel et sa tour. La voyelle première, dont Rimbaud souligne la noirceur, ne surgissait pas là par hasard. Le A géant qui surplombait Paris recevrait l'impact de mon désir.

Il ne serait pas dit que mon amour pour Astrolabe ne connaîtrait pas son assouvissement. L'acte sexuel qui m'avait été refusé dans une chambre, je le consommerais en survolant la ville à basse altitude.

Vers 20 heures, les deux jeunes femmes atterrirent d'excellente humeur. Aliénor semblait particulièrement heureuse, qui m'embrassa avec effusion : je subis les baisers du bec-de-lièvre, espérant ceux d'Astrolabe pour m'en laver. Celle-ci se montra plus modérée.

– Tu as aimé ? lui demandai-je.

– Beaucoup. Même si tes intentions étaient discutables.

L'idiote ne savait pas que de tels propos affermissaient ma décision. J'aurais voulu lui dire que me plaire était une grâce, une rareté dont elle devait se montrer digne. Elle m'aurait ri au nez.

Au bistrot d'en face, un couscous tomba à point. Les filles découvrirent l'incroyable bonheur de manger en descente de trip. Enfin lavée des culpabilités et interdits qui la mutilent depuis des millénaires, la nourriture saute à la bouche, joyeuse comme une grenouille. Qu'on puisse sortir alourdi d'une telle pratique est impensable. Manger n'est qu'un jeu.

J'y participai avec moins d'entrain que mes amies. Difficile d'avaler quand on a un avion dans le ventre. Moi qui avais redouté de ne pas tenir ma résolution, je découvrais qu'elle prenait toute la place. Je ne serais pas libre aussi longtemps que je n'aurais pas accompli cet acte : je me sentais programmé comme une bombe à retardement.

Ce n'était pas le comportement d'Astrolabe qui m'en dissuaderait. Elle racontait son voyage avec un enthousiasme que je trouvai niais. J'avais beau savoir que tous les néophytes se conduisaient ainsi, cela ne m'inspirait ni empathie, ni indulgence.

On n'en veut jamais autant aux gens que quand ils n'y sont pour rien. Conscient de l'injustice de ma rancune, je décidai, non pas de rompre, ce qui eût rendu vigueur à ma passion, mais de m'éloigner d'elle. « Mille contre un qu'elle ne s'en apercevra pas », pensai-je.

Pourquoi se compliquer la vie ? Quelques années plus tôt, j'avais rencontré un certain Maximilien Figuier, pilote de ligne. Je lui téléphonai et lui demandai à brûle-pourpoint comment on conduisait un Boeing 747.

Il me répondit le plus simplement du monde. Je notai ce qu'il me dit. Je récapitulai à haute voix ces informations avant de poser cette question :

– Avec vos précisions, croyez-vous que je parviendrai à piloter ce Boeing ?

– Non. Quelques séances sur simulateur de vol ne vous feraient pas de mal.

– Où trouver ce simulateur ?

Il me l'indiqua.

– Vous voulez devenir pilote de ligne ? interrogea-t-il avec une pointe d'ironie.

– Non. J'écris un roman, mon personnage prépare un détournement. Merci, Maximilien.

Pourquoi se casser la tête ? J'appelai le gars des simulateurs de la part de Maximilien Figuier.

L'idée de participer à l'écriture d'un roman l'amusa, il me proposa de passer. Tandis qu'il m'expliquait les manœuvres sur le simulateur, je pris des notes. À un moment, il m'enleva le stylo de la main et corrigea une faute d'orthographe que je venais de commettre.

– Quand tu publieras ton bouquin, n'oublie pas mon nom dans la liste des remerciements, conclut-il.

Faire le mal est à la portée du premier venu ; il suffit de dire merci à ceux qui vous y aident.

Bastien – le nom du type en question – ne me laissa pas partir sans me fixer divers rendez-vous pour m'exercer seul sur le simulateur :

– Sinon, ça se sentira trop que ton personnage n'y connaît rien. Faut pas bâcler ça.

J'ai adoré l'élan de solidarité humaine qu'a suscité mon initiative. Bien sûr, ces gens ne savaient pas qu'ils aidaient un criminel. S'ils l'avaient su, se seraient-ils comportés autrement ?

Bastien avait raison : mes notes m'auraient été d'une piètre utilité sans la pratique. C'est le simulateur de vol qui m'a le plus appris. Moi qui n'avais jamais accroché aux jeux vidéo, là, j'étais scotché.

Ces séances n'ont évidemment pas fait de moi un pilote de ligne. Mais pour ma mission, à tort ou à raison, j'ai désormais l'impression d'être à la hauteur.

Quand j'ai eu acheté mon billet pour aujour-d'hui, j'ai regardé ce qui restait sur mon compte : 4 000 euros environ – pas de quoi vivre comme un milliardaire la semaine qui me restait, assez cependant pour flamber.

J'ai invité Astrolabe et Aliénor à déjeuner à La Tour d'Argent. Ainsi, je ne mourrais pas sans avoir goûté le célèbre canard au sang.

– Tu as gagné au loto ? me demanda la dame moins présente dans mes pensées.

– Non. Je vous devais un déjeuner. Le jour des champignons, nous ne l'avons pas eu.

– Tout de même, La Tour d'Argent, tu y vas fort.

Notre table était près de la fenêtre que je lui montrai du menton.

– C'est le seul restaurant de Paris d'où l'on a vue sur le dos de Notre-Dame.

Elle regarda longuement avant de dire :

– C'est vrai qu'elle est encore plus belle de dos.

Sans y mettre d'affectation, j'étais devenu plus distant avec Astrolabe. Cela ne me faisait plus souffrir de l'aimer. Mes manières s'en améliorèrent. Elle y fut sensible.

Ensuite, elle me proposa de les accompagner chez elles. Je déclinai l'invitation. Elle ne protesta pas, mais je la vis triste de mon refus. Je songeai avec ironie que si elle m'avait offert cette déception un mois plus tôt, j'aurais été pulvérisé de joie et les jours de la tour Eiffel n'auraient pas été comptés. À présent, trop tard : le chagrin d'Astrolabe ne m'atteignait plus.

Les femmes aiment toujours à contretemps.

Hier matin, j'ai reçu cette lettre d'Astrolabe. Je la sors de ma poche pour la recopier :

Zoïle,

Tu as changé. Je le regrette et ne te le reproche pas. Tu dois avoir tes raisons. Ce que tu as pris pour de la froideur était le réflexe inquiet d'une femme qui se découvrait aimée au-delà de ses espérances. Non que cela m'ait déplu, au contraire. Mais l'art de recevoir des diamants avec grâce n'est enseigné nulle part et pas plus qu'une autre je n'en ai la science. Si je t'ai perdu, je m'incline et te remercie pour les carats du passé. S'il demeurait le moindre espoir que tu me reviennes, je t'attends et te promets, sinon d'être plus habile, au moins de ne plus te cacher le désarroi bienheureux qui t'est dû.

À toi, Astrolabe.

Il y a deux manières de lire un tel message : soit de pleurer face à tant de beauté, soit d'éclater de rire face à tant de grotesque. Il reste en moi assez d'amour pour que ces mots fassent sauter ma tête comme un bouchon de champagne. Mais aussi assez de désillusion pour entendre leur possibilité de ridicule. On n'est vraiment indulgent que quand on est amoureux fou ; dès qu'on aime un rien moins, la vacherie naturelle reprend le dessus. J'oscille entre ces deux stades.

En même temps, avoir recopié ce billet produit son effet. Recopier, c'est activer le pouvoir des mots. Une partition émeut davantage quand on la joue que quand on la lit.

Je m'en trouve affaibli dans ma résolution. Maudite Astrolabe, je ne fléchirai pas. Je sais pertinemment qu'il serait facile de renoncer à mon projet : il suffirait de quitter l'aéroport, de te rejoindre, et je pense que la présence de ta neuneu d'écrivain ne m'empêcherait pas, cette fois, de parvenir à mes fins. Tu as atteint l'état qui était le mien cet hiver, tu ne me refuserais rien. Je t'ai tant voulue ainsi, j'ai tant désiré te voir aussi convulsive que moi.

Mais je serrerai les dents, je n'écouterai pas cette effusion qui me pousse vers toi. Ce qui arrive trop tard est indigne, voilà tout. Et puis, je me suis juré de tenir. Ulysse ne cédant pas au chant de la sirène me comprendrait. Le problème des sirènes, c'est qu'elles ne chantent jamais au bon moment.

Il va être temps. Je vais aller aux toilettes de l'aéroport avec mon sac. À la boutique hors taxes, j'ai acheté une bouteille de cristal-roederer. On peut se demander pourquoi j'ai choisi cette marque : pour l'usage que j'en aurai, la dernière qualité de champagne eût convenu. Il m'a semblé que mes victimes méritaient d'être dégommées avec du haut de gamme.

Je briserai la bouteille sur la cuvette des WC et j'en ramasserai les plus grands tessons, dont le goulot, qui me tiendra bien en main, sera ma meilleure arme. Ce sera une pitié de gaspiller ce vin, mais il faut ce qu'il faut. Pas question d'en boire la moindre gorgée : j'ai besoin d'un esprit sec. De toute façon, le nectar ne sera pas assez glacé.

Astrolabe était le seul champagne assez froid pour moi. Tant pis. Je mourrai sobre.

Quand l'avion aura décollé, il me faudra aller en cabine avec le goulot et égorger les pilotes aussitôt. J'ai réfléchi : puisque je ne sais si je suis capable d'un acte pareil, l'unique solution pour moi est de ne pas y penser. La moindre préparation psychologique anéantirait mes forces.

Le geste ne doit pas être bien compliqué : je l'ai vu cent fois au cinéma et répété mille fois devant un miroir. Il importera de ne penser à rien. À cette fin, j'ai prévu d'avoir en tête, à ce moment-là, *Le Voyage d'hiver* de Schubert, parce qu'il n'y a aucun rapport entre cet acte et cette musique.

Quand ce sera accompli, je prendrai les commandes de l'appareil. Je me réjouis : ce sera le moyen de vérifier la validité des enseignements de Maximilien Figuier et de mon entraînement sur le simulateur. Dans tous les cas, cela se terminera par un crash aérien. La tour Eiffel, c'est mieux et moins banal qu'un hôtel de troisième catégorie à Gonesse. Dans le fond, est-elle exacte cette histoire avec la lettre A ?

La porte de la cabine de pilotage sera fermée de l'intérieur. Je serai, à bord de cet avion, le seul maître après Dieu. À mon avis, la sensation sera formidable.

Si les choses se déroulent comme prévu, je conduirai mon vaisseau vers Paris. Nous sommes le 19 mars, le ciel est dégagé, la lumière est encore d'une pureté hivernale : la vue sera magnifique.

J'aime ma ville natale : je la chérirai plus que jamais. C'est un phénomène que j'ai remarqué souvent : pour aimer un lieu, il faut l'avoir contemplé de haut. Ce doit être pour cela qu'on imagine Dieu au-dessus de la Terre : sinon, comment ferait-il pour nous aimer ?

J'arriverai du nord, je tournerai légèrement vers la droite, survolerai l'Arc de triomphe. Derrière le Trocadéro, le A géant de la tour Eiffel m'attendra d'aplomb. Je l'aimerai de cet amour qu'inspire ce qui est à notre merci.

116

J'espère sincèrement que mon intervention n'amochera pas le si joli palais Galliera et ne rendra pas illisible la superbe phrase de Valéry gravée sur le palais de Chaillot.

L'hôtesse va bientôt convier les passagers à monter à bord. Je refuse de prier pour du courage : cela supposerait que je puisse n'en pas avoir.

Je ne veux pas envisager l'insuccès de ma mission. Je vais réussir, je le sais.

Je ferme les yeux, je me concentre. Je sens déjà le grand corps de la tour Eiffel. Quant à moi, je fais tellement corps avec mon avion que je jouis de tout mon métal.

Jamais je n'avais eu à ce point la perception de mon squelette. Ce doit être cela, l'amour.

Me voici à bord. Les stewards qui vont mourir me saluent. Nous décollerons d'ici peu.

Le printemps va pouvoir commencer.

Amélie Nothomb
dans Le Livre de Poche

Acide sulfurique   n° 30796

« Vint le moment où la souffrance des autres ne leur
suffit plus : il leur en fallut le spectacle. » (A. N.)

Antéchrista   n° 30327

Avoir pour amie la fille la plus admirée de la fac ?
Lorsque Christa se tourne vers elle, la timide et solitaire Blanche n'en revient pas de ce bonheur presque
écrasant. Elle n'hésite pas à tout lui donner, et elle
commence par l'installer chez elle pour lui épargner
de longs trajets en train. Blanche va très vite comprendre dans quel piège elle est tombée.

Attentat   n° 14688

Épiphane Otos serait-il condamné par sa laideur à
vivre exclu de la société des hommes et interdit

d'amour ? Devenu la star – paradoxale – d'une agence de top models, Épiphane sera tour à tour martyr et bourreau, ambassadeur de la monstruosité internationale… et amoureux de la divine Ethel.

Biographie de la faim n° 30562

Amélie Nothomb fait revivre ses souvenirs d'enfance au Japon mais aussi à Pékin, New York, au Bangladesh et autres lieux où l'a conduite la carrière d'un père diplomate. Au cœur du kaléidoscope : sa faim.

Les Catilinaires n° 14170

La solitude à deux, tel était le rêve d'Émile et de Juliette. Une maison au fond des bois pour y finir leurs jours, l'un près de l'autre. C'était compter sans Palamède Bernardin, qui d'abord est venu se présenter, puis a pris l'habitude de s'incruster chez eux chaque après-midi. Sans dire un mot, ou presque.

Les Combustibles n° 13946

La ville est assiégée. Dans l'appartement du Professeur, où sont réfugiés son assistant et Marina, l'étudiante, un seul combustible permet de lutter contre le froid : les livres…

Cosmétique de l'ennemi   n° 15503

« Sans le vouloir, j'avais commis le crime parfait : personne ne m'avait vu venir, à part la victime. La preuve, c'est que je suis toujours en liberté. » C'est dans le hall d'un aéroport que tout a commencé.

Le Fait du prince   n° 31796

« Il y a un instant, entre la quinzième et la seizième gorgée de champagne, où tout homme est un aristocrate. » (A. N.)

Hygiène de l'assassin   n° 30238

Prétextat, prix Nobel de littérature, n'a plus que deux mois à vivre. Des journalistes du monde entier sollicitent des interviews. Quatre vont le rencontrer, dont il se jouera. La cinquième lui tiendra tête, il se prendra au jeu.

Journal d'Hirondelle   n° 31000

À la suite d'un chagrin d'amour, Urbain devient insensible. Il trouve un nouveau travail : tueur à gages. Un jour, il exécute un ministre et sa famille.

Dans la serviette du ministre, il trouve le journal intime de sa fille. Il décide de le lire...

Mercure   n° 14911

Sur une île au large de Cherbourg, un vieil homme et une jeune fille vivent isolés, entourés de serviteurs et de gardes du corps, à l'abri de tout reflet ; en aucun cas Hazel ne doit voir son propre visage. Engagée pour soigner la jeune fille, Françoise, une infirmière, va découvrir les étranges mystères qui unissent ces deux personnages.

Métaphysique des tubes   n° 15284

Parce qu'elle ne bouge pas et ne pleure pas, se bornant à quelques fonctions essentielles – déglutition, digestion, excrétion –, ses parents l'ont surnommée la Plante. L'intéressée se considère plutôt, à ce stade, comme un tube !

Ni d'Ève ni d'Adam   n° 31354

Amélie Nothomb révèle ici qu'elle a été la fiancée d'un jeune Tokyoïte très singulier. Une initiation amoureuse et culturelle, drôle et savoureuse, insolite et instructive, qui révèle bien des codes et des secrets du Japon.

Péplum   n° 14489

L'ensevelissement de Pompéi sous les cendres du Vésuve a été le plus beau cadeau qui ait été offert aux archéologues. À votre avis, qui a fait le coup ? Pour avoir deviné un des plus grands secrets du futur, la jeune romancière A. N. est enlevée pendant un bref séjour à l'hôpital, et se réveille au XXVIe siècle, face à un savant du nom de Celsius.

Robert des noms propres   n° 30144

« Pour un écrivain, il n'est pas de plus grande tentation que d'écrire la biographie de son assassin. *Robert des noms propres* : un titre de dictionnaire pour évoquer tous les noms qu'aura dits ma meurtrière avant de prononcer ma sentence. C'est la vie de celle qui me donne la mort. » (A. N.)

Le Sabotage amoureux   n° 13945

Vous apprendrez bien des choses dans ce roman inclassable, épique et drôle, fantastique et tragique, qui nous conte aussi une histoire d'amour authentique, absolu, celui qui peut naître dans un cœur de sept ans. Sabotage, comme sous les sabots d'un cheval qui est un vélo…

Stupeur et tremblements   nº 15071

Au début des années 1990, la narratrice est embauchée par Yumimoto, une puissante firme japonaise. Elle va découvrir à ses dépens l'implacable rigueur de l'autorité d'entreprise, en même temps que les codes de conduite, incompréhensibles au profane, qui gouvernent la vie sociale au pays du Soleil levant.

Du même auteur aux Éditions Albin Michel :

HYGIÈNE DE L'ASSASSIN

LE SABOTAGE AMOUREUX

LES COMBUSTIBLES

LES CATILINAIRES

PÉPLUM

ATTENTAT

MERCURE

STUPEUR ET TREMBLEMENTS
Grand Prix du roman de l'Académie française

MÉTAPHYSIQUE DES TUBES

COSMÉTIQUE DE L'ENNEMI

ROBERT DES NOMS PROPRES

ANTÉCHRISTA

BIOGRAPHIE DE LA FAIM

ACIDE SULFURIQUE

JOURNAL D'HIRONDELLE

NI D'ÈVE NI D'ADAM

LE FAIT DU PRINCE

Composition réalisée par IGS-CP

—————————

Achevé d'imprimer en mars 2011 en Espagne par
BLACK PRINT CPI IBERICA, S. L.
08740 Sant Andreu de la Barca (Barcelona)
Dépôt légal 1re publication : mai 2011
LIBRAIRIE GÉNÉRALE FRANÇAISE - 31, rue de Fleurus - 75278 Paris Cedex 06

31/6015/7